Um pé lá, outro cá
Anthony Almeida

cacha
lote

Um pé lá, outro cá
Anthony Almeida

para Nilo, pela indicação;
para David, pelo incentivo;
para ambos, pela amizade.

NOTA DO AUTOR	13
DOIS DOCE E O RESTO FRANCÊS	17
CASA DE MADEIRA	23
CAÇANDO BORBOLETAS	26
DANÇAS ENTRE AS QUINAS	28
OLHARES DE UMA VOLTA À TOA	30
SOLITÁRIOS NA RODOVIÁRIA	32
BANHO MORNO DE CUMBUCA	37
DOÇURA	39
AZEDINHOS	42
BARRINHAS DE FOLGA	44
ROXO AZEITONA-PRETA	46
SAUDADITU	48
ALGODÃO-DOCE DE LARANJA-CRAVO	51
ESPADAS AO CHÃO	53
VISITA VESPERTINA	56
MANDALA D'ÁGUA	58
ATRAVESSEI MEIGUICES	60

SARAU DO PALHAÇO-GOLEIRO	62
PEQUENO GIRASSOL	65
MATIZES DE CÁ	67

=P	73
TRAQUES E TRAQUINAGENS	74
CAMINHADA, CORRIDA E PIQUE	76
QUERO UMA COISA	79
BAGAGENS	82
NOVENTA E UM	85
MEMÓRIA CHEIA	88
PRESENTE D'ÁGUA	91
UMA INFORMAL LIBERDADE PRIMAVERIL	93
ASSINATURAS	96

915 DIAS	101
PRISMA	103
PEQUENA GRANDE TRAGÉDIA	105
A TATUADA	106
ARGUMENTO DE MÃE PARA O FILHO NÃO SE TATUAR	107
QUINTANA, MAMÃE E EU	108

UMA DAQUELAS	111
SOBRE NOMES	113
ANTES DO 109 RENDEIRAS/MORADA NOVA	114
VIVO, REVIVO!	119
ACALENTOS REFRESCANTES	120
VIAGEM AUTORIZADA	123
BRÁS BLACK FRIDAY	124
DÁDIVA DE PLATAFORMA	127
CEIFAS	130
AONDE VÃO OS GATOS QUANDO OS GATOS SOMEM?	132
SIBIPIRUNA	134
PRÓLOGO	139
O GEÓGRAFO QUE TENTOU SER CRONISTA	141
DIPLOMA E LIVRO	143
POSFÁCIO	145

*Em minhas andanças, eu quase nunca soube
se estava fugindo de alguma coisa ou caçando outra.*

Rubem Braga

NOTA DO AUTOR

Estas crônicas perambularam em outros papéis e telas antes que fizessem casa neste livro. Algumas foram publicadas no Jornal Tribuna Livre, de Presidente Venceslau/SP, e na Revista Mirada, do Recife/PE. Outras saíram nas minhas redes sociais e mais outras se aventuraram, em trios, nos meus cordéis de crônicas, distribuídos em feiras, eventos e oficinas de escrita e leitura. Mais algumas, por fim, são inéditas.

Foram feitas entre os anos de 2015 e 2020, período em que, espontaneamente, emigrei de Pernambuco para São Paulo e vivi com um pé nas cidades paulistas de Presidente Prudente e Presidente Venceslau e outro pé nas visitas às pernambucanas Recife e Caruaru, minha cidade natal. Durante esse tempo, perambulei entre e além delas. A arrumação dos textos é resultado desse movimento e cria um percurso singular dos meus trajetos e sensações no espaço.

A epígrafe foi colhida na crônica *A viajante*, de Rubem Braga, e está no livro *A Borboleta Amarela*.

DOIS DOCE E O RESTO FRANCÊS

— Vá lá e compre um saco de pão. Dois doce e o resto francês. Vá ligeiro! Né pra ficar demorando porque tá comendo um dos pão doce no caminho não, tá ouvindo? Deixe pra comer em casa, junto com a gente. Cuide! Ligeiro, ligeiro! Um pé lá, outro cá!
— Tá bom, mamãe.
— Ei, seu moço! Ligeiro, viu? Eu vou cuspir no chão e é pra o sinhô tá em casa antes do cuspe secar.
— Eita!
— Eita nada! Cuide que eu vou fazer o suco de umbu enquanto tua mãe frita o queijo de coalho, pra gente comer com o pão. Cuide!
— Tá certo, papai.

E eu ia. Todo dia. Desde que tive idade de aprender a ir e voltar sozinho da escola, pertinho da padaria, eu também ia na Pães Belos. Minha janta, enquanto morei em Caruaru, foi pão francês e pão doce. Isso dá meus primeiros vinte anos. E todo dia eu demorava no caminho. Gostosamente, eu comia um dos dois pão doce. Mas nem era isso que me demorava na jornada.

Na ida, parava logo na esquina, que ficava numa parte alta do bairro e da qual se abria uma paisagem ampla. O horizonte era bonito e alaranjado, dava pra ver um pedação do centro da cidade, o Morro Bom Jesus, com escadaria, igreja e antenas de TV no topo, e o pôr do sol, por trás da igrejinha, bem de longe.

Pôr do sol de infância é coisa linda de lembrar...

Rua de casa que não se mora mais também.

Depois, eu ia andando pela rua de terra, cravejada de rochas e de mato que crescia entre elas. Vez em quando, eu me demorava encarando uma das urtigas que alteava no meio das pedras. Um perigo. Quando em vez, tirava manga do pé, na árvore do vizinho da rua de baixo, que tinha dois cachorrões, que a gente nunca viu, só ouvia o latido grosso. Outro perigo.

Conversava água com os amigos que encontrava no meio do caminho. E tinha um bocado. E tinha vez que era mais do que conversar. Era desabafar sobre o amor, daqueles primeiros florescidos e nem sempre correspondidos...

Ela morava na rua do pé de manga. Da qual, lamentavelmente, não me tornei assíduo visitante. Fui apenas um menino, depois rapaz, que passava devagar, com o seu saco de pão, enquanto suspirava minha paixão frustrada, consolada nas mordidas em pedaços de pão doce.

O pé da ida, o tal do pé lá, ia bonitinho de ligeiro. Mesmo com pôr do sol, urtigas, mangas e xodó, que se mostrou sendo mesmo foi mais outra urtiga, ele ia ligeiro. Era gostoso pegar o pão quentinho. Essas outras coisas eram apenas obstáculos, fáceis de ultrapassar. O problema era o pé da volta, o pé cá. Esse gostava de chamar o outro pra ficar perambulando enquanto o queijo esfriava na frigideira e os pão gelava na sacola.

Na volta, as conversas com os amigos eram mais demoradas. Viravam brincarias. Jogo de bola, jogo de vídeo, jogo de tabuleiro. "E os pão, menino, tua mãe vai te pegar?". "Levo já, já, dá tempo de fazer um golzinho!". Andada de carrinho, caçada de garrafa de vidro, pra vender e depois comprar picolé e algodão doce, contação de lendas urbanas — Maria Fulozinha, sua urtiga!

Teve até um dia que meu pai foi me buscar. "O menino saiu pra comprar pão seis hora da noite, deu oito e meia e ele ainda não tá em casa, vou buscar ele e é pela ureia". O menino tava jogando video game na casa de um colega que morava do lado da padaria: José Wilker (escrito da mesma forma que o do ator de novela — Homenagem! Pro meu filho ser bonito igual ele — justificou a mãe). Os pão já tudo frio. Nem dava pra comprar outro saco, porque já tinha fechado a panificadora. Dessa vez aí quase que eu fui e foi pela ureia mesmo.

Nem fui. Mas fui no dia que fiquei enrolando pra ir pra casa, na rua de Wilker, morrendo de medo. Os pestes dos meninos me fizeram falar algo proibido: "Maria Fulozinha. Maria Fulozinha. Maria Fulozinha".

Três vezes!

Eu tinha juízo? Tinha nada... "Agora tu tá lascado, visse! Chamou ela três vezes, ela vai aparecer de noite, pra puxar teu pé na cama". Eu sabia que ia, mesmo eu conhecendo a receita que a agradaria. "Tem que deixar um prato de sopa na mesa, pra ela comer de madrugada". Onde eu ia arrumar prato de sopa? Canto nenhum. "Pois vou ficar aqui me escondendo até clarear o dia, quero ver ela me pegar". Nem pegou. Meu pai, sim, pegou, onze horas da noite já, mas não foi pelo pé.

Toda vez que eu chegava em casa, saco de pão quente ou frio, a gente jantava junto. Sempre vendo a novela das sete, quando eu não chegava na hora do Jornal Nacional. Ou depois. A gente tomava o suco de umbu, quando tinha.

Comia o queijo de coalho no pão, quando tinha. Queijo de coalho, uva passa e ketchup, dentro do pão francês, isso tinha sempre no sábado de noite, depois da feira da semana. Quase sempre era pão com margarina mesmo. E era bom. Mas era bem bom mesmo.

— Caruaru. Outubro, 1999 — Outubro, 2003.

CASA DE MADEIRA

Aqui há muitos bairros jardins, bairros parques e bairros vilas. Mas foi numa estância que me veio o estalo de contemplar as casas de madeira deste oeste paulista. Uma singela chácara com vacas, galinhos e galinhas garnisés, uma égua, dois cachorros — Fubá e Mina — e muitas árvores, algumas frutíferas. Limoeiros, laranjeiras, urucuzeiros e caquizeiros. E, sim, rolou a piada...
— Eita, que tanto caqui! — exclamei, apontando um balde lotado de frutas suculentas que estava sobre a mesa.
— Soca aqui!
— É o quê?
— Só caqui! — reagiu uma voz serelepe e risonha.
Caquizeiros e urucuzeiros que tive o primeiro contato direto ali, na estância. Primeiro contato não apenas com as árvores, mas também com as palavras-árvores.
Além desses, vi, pela primeira vez, três semanas atrás, outras casas de madeira. Rosa, marrom, bege, marfim. Vila Santa Helena é o bairro. Passo por elas quase todos os dias. As formas são rústicas e diferentes para os meus olhos, que já viram casas de alvenaria, pau-a-pique, tapume, gesso, até mesmo madeira, mas não assim.

Ripa, tábua, ripa, tábua, ripa, tábua, ripa, janela, ripa, tábua, ripa, tábua, ripa, tábua, ripa, pregadas na vertical, nesta sequência, e está feita uma das paredes do quarto com vista para a rua ou para o sítio. O seu alicerce é de cimento e tijolo, portanto, o lobo mau não conseguiria derrubá-la com o seu sopro violento. Diferente da história porcina, nestas casas estão famílias ou grupos de estudantes, e não indivíduos solitários. Afora isso, parece que a habitação, comparada às construções de alvenaria, é mais calorosa no inverno frio e mais refrescante no verão quente. Boas vantagens!

As tais casas começaram a ser construídas lá pela primeira banda do século XX, no período inicial de ocupação do território, e foram feitas com árvores retiradas diretamente da Mata Atlântica daqui da região, descobri. Somente algumas poucas restaram na cidade. Outras no campo. Muitas estão concentradas numa rua, que tenho passado todos os dias. Durante esse passa-passa, sempre tento contar, entremeadas com as casas de cimento, quantas são. Todas as vezes perdi a conta. Devem ser treze ou quinze aprazíveis casebres. Estão na medula da cidade. Talvez por isso o nome da via seja Rua Bela.

Mais duas coisas supimpas ainda valem ser mencionadas. Numa delas, a da estância, é possível provar um quitute lusitano conhecido pelo nome de Filhós, que tem até sobrenome, ganhando a graça de Filhós da Beira Baixa. O tal petisco é delicioso e se você o lambuzar no doce de leite vai sentir gosto de sonho! Bem bom!

Ainda assim, a coisa mais importante e que mais me cativou nestas simpáticas moradas — e digo isso sem dúvida alguma — é a possibilidade de colocar muitos pregos nas paredes. Parece até que foram feitas justamente para isso: bater o martelo sem entortar o prego vinte e cinco vezes antes de acertar a mira e o prumo.

Êlaiá! É só aproveitar e espalhar centenas de penduricalhos por toda a casa que ela é de madeira.

— Presidente Prudente. Abril, 2015.

CAÇANDO BORBOLETAS

Saí para caçar borboletas. Antes, claro, tomei nota, num pedaço de papel, das coordenadas mais adequadas para encontrar aquilo que me interessava. Apanhei a mochila e os equipamentos. Canetas no bolso da calça e carta de orientação entre os dedos. Não é tão fácil encontrá-las batendo asas através de quadras e telhados de uma cidade, mesmo que o bairro seja esverdeado e as belíssimas espécies sejam inúmeras.

Procurei uma que poderia estar esvoaçando pelo parque, borboleteando junto de alguma moça que corresse, ora sob o luzir do sol, ora sob a sombra das árvores. Não encontrei. Moças, rapazes e cachorros se aligeiravam pelas calçadas e alamedas, e eu mantinha o nariz no ar, em busca duma vibrante e pequenina borboleta, mas não encontrei.

Será que saí muito cedo e a borboleta preguiçosa ainda não estava disposta a saçaricar pelo ar? Talvez eu deva sentar um pouco e esperar algum gracejo de súbito...

Saquei a caneta preta, fiz alguns rabiscos no mapa, outros apontamentos em tinta vermelha. Nada de borboleta. Segui meu caminho pelo parque, olhei as árvores, os brinquedos, os jardins. Subi uma escada na direção do asfalto. Sobre os degraus, formigas ruivas e flores róseas de ipê, mas nada de borboleta. Segui meu caminho.

    Horas depois, ainda pensando na caçada malsucedida, numa biblioteca, quem diria, encontrei uma borboleta de asas amarelas, leves asas e voo fagueiro, ao lado de um pé de milho de longas folhas verdes e raízes roxas. Sensível às cores, desembainhei a caneta azul, vasculhei a mochila e empunhei meus marca-textos, puxei o croqui e esbocei letras e traçados na folha. Marquei o xis. Ali estava meu tesouro.

— Presidente Prudente. Julho, 2016.

DANÇAS ENTRE AS QUINAS

A praça da igreja, no centro da cidade, tem bancos e mesas de concreto revestidas de granito. Ao menos é assim numa de suas quinas, onde muitos velhos se concentram, em grupos de quatro pessoas, para partidas de carteado. Enquanto jogam, o céu vai ficando alaranjado e palpiteiros aparecem e permanecem de pé ao lado dos jogadores. Mantêm braços cruzados e olhos atentos ao balé das copas e paus nas mãos habilidosas dos senhores do baralho. Ora demonstram fascínio, ora escárnio diante das cartadas. Suas expressões tentam, quase sempre, interferir nas jogadas.

Na outra quina, depois da fonte d'água de pouco líquido, muito lodo e nada de esguichos, sob a atmosfera da rede pública de internet wi-fi, que tem o nome da Praça 9 de Julho, jovens se concentram na captura de rattatas que surgem nas telas brilhantes dos celulares. Todos muito desejosos por mais e mais monstrinhos de bolso, os pokémons, do novo game para smartphone. São muitos, estão sentados nos bancos, encostados na parede do posto policial, de pé, andando em volta do tanque.

Do anfiteatro, noutra quina, propaga-se a fé dos crentes, violada e em cânticos de microfone, amplificada pela caixa de som e pelas vozes dos fiéis. Diante da praça, mais fé espalhada, desta vez católica, pelos sinos da Catedral de São Sebastião. Fé, mais uma, jogada sobre uma das mesas de granito, num livreto encadernado com arame que profere preceitos diários do Seicho-no-iê Brasil. Fés...

Outra dança, uma espécie de valsa, surge embalada por jingles de vereadores que ressoam dos carros de som que passam. Ela é conduzida pelo vento que sopra uma coreografia em que folhas secas e santinhos amassados se enlaçam e se desenrolam entre as quinas dos carteadores e mestres pokémon. Baile que resvala em todas as pernas por ali e desliza pelas bordas do reservatório central.

Numa das mesas não há dança de espadas, tampouco de ouros. São apenas três figuras que compartilham o espaço comum. Não há baralho entre eles.

Um rapaz corta as unhas com o seu novo cortador pequeno, que tem "lâminas curvas e formato anatômico que oferecem alta precisão de corte", informa didaticamente a embalagem do produto. Um homem acasacado, vestes encardidas e mãos apressadas, manipula o agasalho, coça os ouvidos, esfrega os poucos pelos do queixo e segura um pão com mortadela, oferecido por alguém que passou pela praça. Uma maria-catingosa, inseto perdido, procura caule para andejar e emitir aromas. Patinhas patinam passos miúdos.

Na última quina: uma praça de táxi sob a sombra das copas altas e verdejantes. Elas se afagam pela força da brisa. Não há taxistas nem passageiros.

— Presidente Prudente. Setembro, 2016.

OLHARES DE UMA VOLTA À TOA

Saí de casa no finalzinho da tarde e deixei todas as lâmpadas apagadas. Foi uma estratégia para que a amiga que divide o aluguel comigo, ao chegar, achasse que saí mais cedo e estou tendo um dia interessante. Sem sucesso. Ela me viu descendo a nossa rua. Na altura do estacionamento da pizzaria, eu descia a ladeira e, ao contrário, o farol da Honda maçã do amor me encandeou, trazendo um olhar amigo e um cumprimento buzinado que desmascarou o meu plano. O céu já deixava de ser lilás para ganhar tons mais noturnos.
Mais adiante, na frente da pista de skate do Parque do Povo, escolho o meu caminho, a saída é pela esquerda. Lá vou eu, dividir a calçada com atletas da boca da noite. Corpos ofegantes e suados correm para um lado, caminham para o outro, dão piques para a esquerda, desaceleram o cooper para a direita. Não há regras que imponham qual direção elas e eles devem seguir, são donas e donos dos seus narizes e pernas, envoltos por dilatadores nasais ou calças legging. Ainda não cogito a hipótese, mas cruzarei com outros conhecidos, igualmente esbaforidos e úmidos. Outra falha do plano. Eu só queria trocar olhares com desconhecidos.

Depois de atravessar a Avenida da Saudade, que corta o parque, um scooby-doo resolve fazer um xixizinho por ali mesmo, ele também é dono do seu focinho e da sua bexiga. Outro dono, o do cão, nissei de camisa e cabelos grisalhos, puxa da bolsa tiracolo uma garrafa de 600 mililitros com água e detergente de coco, esguicha o líquido sobre a urina canina e segue seu percurso. Sobrancelhas alheias, que começavam a se arquear zangadas, se desarmam de seu furor e elogiam, satisfeitas, a atitude nipônica. Nenhuma palavra. Apenas olhares.

Sigo a caminhada lenta, pensando na meta do passeio, procurando olhares sorridentes ou tristes ou serenos ou apressados, não sei. Encontro alguns que reparam no meu jeans, inadequado para o exercício. Não chegam a reprovar nem mesmo questionar, sabem que o passeio é público e que nem todo público é esportista. Seguimos nossas jornadas, sem julgamentos, sem apego algum para com as carcaças deixadas para trás, plenos em nossa indiferença.

Trinta-quarenta passos depois, eu encontro outros olhos conhecidos. Olhares colegas, também fitando minha calça de homem sedentário. Um deles questiona o meu rumo, não apenas com a visão. Vou no mercado, nada de mais. Atendidos, voltam para a corrida. Não, não vou, estou apenas dando uma volta à toa, contemplando olhos transitórios. Não sou de mentir, a resposta foi automática, meu cérebro deve ter calculado que pegaria mal dizer que eu caçava pupilas por aí.

E prossigo eu, andando pela alameda, focalizando globos oculares, recebendo olhadelas em revide, procurando sei lá o quê. Talvez, inconscientemente, buscando realizar o desejo de uma inscrição pichada numa parede da Djalma Dutra, fotografada e compartilhada na internet dias atrás.

"Seus olhos pra eu me perder".

— Presidente Prudente. Setembro, 2016.

SOLITÁRIOS NA RODOVIÁRIA

O Parque Shopping Prudente fica pertinho da rodoviária, alguns passos, ao correr de poucos minutos, e os ônibus aparecem, se movimentam pelas redondezas, desfilam suas carrocerias retangulares. Saio do centro de compras — fui pegar um caderno novo, uma aquisição noturna — e vejo alguma gente esperando os seus neste fim de expediente diário. São muitos e esperam os funcionários que largarão em breve dos seus postos de trabalho e, com os encontros, abraçar-se-ão, beijar-se-ão, retirar-se-ão em motos, carros ou caminhadas.

Preciso ir até a rodoviária e, depois de ver todo esse povo esperando companhia, o verso duma canção de Zeca Baleiro me dá um peteleco: "Há mais solidão no aeroporto que num quarto de hotel barato". Em certa medida, aeroporto e rodoviária guardam similaridades e, pensando nisso, me disponho a observar a solitude daqueles que esperam pela viagem.

No terminal há uma solidão coletiva. As pessoas estão próximas e, entretanto, se desconhecem. Cadeira sim, cadeira não, há um vão entre os futuros passageiros. Assim estão dispostos os que se sentam longe das plataformas 02 e 05, onde os portões abertos dão acesso ao embarque. Perto delas, estão mais próximos, cadeira sim, cadeira sim, mas o vão continua a existir.

Um ônibus estaciona perto. Lataria branca, linha central azul-petróleo, detalhes verde-escuro e claro e a inscrição: Planalto — conectando pessoas e destinos. Cores simples, sóbrias, discretas. Sinto vontade de resgatar meu prazer infantil de esboçar os carros em miniaturas num caderno, e tenho um nas mãos, mas esse terá outro desígnio.

Me detenho na mensagem planaltina. Quantas conexões, rumos, futuros? Passo a apreciar os tipos solitários daquela noite rodoviária: ruivíssima de calça verde-água acaricia seu Facebook de mão; careca doloso, corte de máquina zero e gilete, cavanhaque vistoso, camisa xadrez; universitária de coque crespo, caderno de vinte matérias, apostila com anotações; ancião de chapelão preto, estilo boiadeiro, havaianas tradicionais, carrinho de bagagens vazio. Todos em solidão rodoviária.

Chega um veículo, viação Andorinha. Presidente Prudente | São Paulo | 22h35min. Levanta-se o careca, deixará de ser solitário de rodoviária para se tornar viajante, em oito-nove horas abraçará os seus. Às 22h38min a Andorinha engata a marcha ré, manobra, engata primeira e vai-se embora, rumando à metrópole. O cavanhaque fica, enfileira-se com outros, não vai a Sampa. Eu, desatencioso, não observei sua bagagem. É pequena, não indica viagem longa.

Em poucos minutos, outro coletivo, menos pomposo e confortável, estaciona para o embarque dos enfileirados. Jandaia: Martinópolis via Indiana. Os passageiros são trabalhadores pendulares, garantem seus salários nos empregos prudentinos, alguns, quem sabe, no próprio shopping vizinho...

Lá se vai a Jandaia, atrás, outra Andorinha, esta para Santo Anastácio. São pássaros robustos, levam os humanos sob suas asas que voam baixo, rentes com o asfalto. Atrás deles, um Eucatur, não tem nome de bicho planador, mas também quer voar, e a arara vermelha de asas abertas, pintada em sua lateral, sobre as rodas traseiras, inclui ele na revoada que leva alguns dos solitários.

Corro os olhos pelo saguão em busca de mais desacompanhados e paro numa jaqueta preta feminina, cabelos castanhos tocam os ombros, pernas cruzadas numa calça caramelo, sapatinho mocassim, igualmente caramelo. Ainda não vejo o seu rosto, é outra solitária viajante. Muitas malas, para onde irá, a qual destino será conectada? Os motores das aves gorjeiam e assopram. Ela ergue a mão até a cabeça, põe o cabelo atrás da orelha, revela brinco e óculos, conheço o rosto. Encontrarei uma conhecida, não haverá mais solidão.

Mas me compadeço dos que viajam sós. Viro a cabeça para ela não me reconhecer. Nem um minuto corre e o psiu de sotaque conhecido chama por mim. É ela, lá vou eu cumprimentá-la e desmanchar, ainda que por pouco tempo, nossas duas solidões.

— Presidente Prudente. Novembro, 2016.

BANHO MORNO DE CUMBUCA

De dentro do ônibus, que rasga a caatinga por duas grossas faixas de asfalto, o rapaz já consegue ver ao longe os traços do monte: um monte de antenas no topo, iluminadas pelo restinho da tarde, e uma escadaria que leva os degraus até a igrejinha rosa e às casas que ela reparte, umas poucas do lado esquerdo, outras tantas do direito. É o Morro Bom Jesus, calombo elevado do piso de Caruaru, que fica no miolo da cidade natal. Abre-se um largo sorriso em sua face barbada, entrecoberta por cabelos castanhos que tocam os ombros.

Em poucos minutos, ele está com a mochila nas costas comendo um cachorro-quente e esperando mais um ônibus. Um elástico envolve seus cachos num coque. Enquanto mastiga o último pedaço, já reembarcado, mete o guardanapo e a sacolinha que envolvia o lanche no bolso de trás da calça jeans e procura, sem sucesso, algum rosto conhecido sentado em alguma cadeira do coletivo.

A aparência das vias não é mais a mesma de outrora. O veículo sobe o bairro por uma rua paralela à que costumeiramente subia. O comércio se multiplica pelo novo percurso. Não mais que as lembranças da infância, dos pais e da infância com os pais.

Após breve caminhada por três empoeiradas passagens de terra, ele joga a bagagem na sala e abraça um casal de pessoas queridas que comemoram o seu retorno, ainda que temporário. Abraço apertado, cheiros na bochecha, apalpações nos braços para assegurar o reencontro, comentários sobre a viagem e a outra cidade, o novo lar do filho. Tilintar dos copos preenchidos com suco de umbu, cheiro da caçarola com maxixada para o almoço do outro dia. A saudade nem bem começa a dormir e já é hora de se deitar, amanhã é dia de luta.

Antes do sono, ele desfaz a mala, ocupando as gavetas da cômoda enquanto, na cozinha, a chaleira esquenta três litros d'água, que serão misturadas com mais sete num balde preto. A toalha, antes separada em cima do tamborete, agora envolve sua cintura. Numa mão, cumbuca de plástico. Os olhos cor de açude mergulham no espelho, preso por um prego na parede de tijolos aparentes.

Uma brisa serpenteia mamoeiros e quiabeiros no quintal, se enfurna no banheiro, sopra no pé do ouvido e quebra a introspecção que, teimosamente, insistia em lembrar que sua ansiedade e contagem de dias não era mais para a chegada.

— Caruaru. Abril, 2016.

DOÇURA

Tempos atrás, não mais que dois ou três anos, o viajante que retornava do Recife, vindo da capital pernambucana, tinha algumas opções de destino após o desembarque do ônibus intermunicipal, ao chegar em Caruaru. Descer na Duque de Caxias, na confluência da Estudantil com a Rua e a Igreja da Matriz era a mais central e óbvia das alternativas. Daí já se estaria no ponto de ônibus urbano para correr para casa, jogar a bagagem na sala e abraçar as pessoas queridas em comemoração ao retorno...
Da Duque, havia mais possibilidades. Subir a Rio Branco, olhar a torre do relógio, golar um café pequeno ao lado da igreja, se benzer, para quem é de se benzer, e tomar um táxi, versão carro para os mais carregados, versão moto para os mais apressados... Ou descer o beco da Estudantil e seguir destino pela XV de Novembro, depois de dar uma olhada no sobretudo metálico, do fundador José Rodrigues de Jesus, que se mantém monumental e estático na praça, enquanto vigia sua cidade-filha...
Tempos atuais, o mesmo viajante precisa escolher outra parada para desembarcar. Seja antes da Duque, na Praça do Rosário, ou depois, num posto de gasolina, que engoliu a

antiga Igreja Batista. É assim mesmo, as coisas mudam. Eu prefiro a primeira opção, fica melhor para mim. Ando um pouco, dobro num beco, depois subo numa rua e já estou no ponto de ônibus dos Correios. Prefiro, porém, subir um pouco mais, comer um cachorro-quente e esperar o coletivo que vai para o bairro dos meus pais, que um dia também já foi meu... Aliás, ainda é meu!

Do carrinho de lanches, posso escolher três pontos. Conheço o centro de Caruaru, que ainda é minha. Posso ir para o ponto da Caixa ou continuar subindo até a parada da Igreja da Conceição, mas, pela distância, é melhor esperar ali mesmo e correr de volta para o ponto dos Correios, quando vir o ônibus apontando lá em cima.

Correrias à parte, eis uma nova tradição para o viajante, agora sem estátuas ou cafés, mas com boas chances de chegar em casa com o bucho cheio. Novo hábito que só funciona quando se chega de noite, antes disso o carrinho de lanches não estará na esquina da Sete de Setembro com o Edifício Doçura.

Gosto de cachorro-quente e, ao apertar a bisnaga de mostarda, imagino como é o prédio Doçura por dentro. A paisagem reflete brilhando nos meus olhos. Ele ainda está aqui, do jeitinho dele. Queria saber como é por dentro. Por fora, vejo seus quatro pisos sobre o térreo, abrigo duma farmácia. Mexeram no primeiro, botaram uns azulejos feios — eu ainda morava na cidade quando fizeram isso, não gostei. Segundo, terceiro e quarto andares mantêm as feições do jeito que conheci: cobogós terrais na parede onde passa a escada, varandas com sacada de grades e portas brancas, chapisco de cimento no resto das paredes, diferente na parede da esquina, em ângulo chanfrado, rebocada e pintada de amarelo-mostarda, igual à cor do molho do lanche, desse jeito, eu gosto.

Seria uma lindeza voltar de vez para Caruaru e, se eu tivesse tal sina, morar nele. Poderia ser no quarto andar, onde as brancas letrinhas simpáticas e garrafais pregam-se na parede amarela: EDIFÍCIO DOÇURA. Deve ser uma residência afável, deve fazer jus ao nome que tem, certeza!

De primeira, eu iria para a sacada, para ver o conteúdo dos andares incompletos de um esqueleto de prédio que seria o meu vizinho da frente, tá aí um mistério... De dia, iria para a sacada, admirar o buruçu de gente passando, os carros roncando, os motoqueiros costurando, a cidade vivendo... De noitinha, iria para a sacada, após comprar um cachorro-quente na esquina de lá. De noitão, voltaria à sacada, atentaria os vagantes noturnos, seus rostos apagados, suas histórias encardidas...

Seria uma realização... Só que não agora, preciso dar uma carreira, lá vem meu ônibus!

— Caruaru. Abril, 2016.

AZEDINHOS

A serra antes ficava do lado de casa, agora está lá na frente. O pequeno barreiro ficava lá para baixo, agora dá para ver daqui da rua, e nem é mais um açudinho, é um descampado onde três meninos jogam bola. A casa, agora, está em outro lugar, mais distante da praça do bairro, mais distante do centro da cidade e mais perto das catingueiras, dos mameleiros, dos velames e dos azedinhos.

 A rua ainda é de terra e ainda há lotes vazios, que se intercalam com casas de tijolo aparente, rebocadas ou revestidas de azulejos, como na rua e casa de outrora. Num desses lotes, caminhamos entre a vegetação e eu colho um azedinho, retirando as flores amarelas e escutando o pipocar de alguns frutinhos. Os azedinhos têm um formato parecido com minúsculos doces de suspiros, mas não são feitos de claras em neve, açúcar e limão. Ao mastigá-los, sinto a acidez do seu sabor e as lembranças de uma infância correndo entre as ruas do loteamento, desbravando o bairro e alimentando a minha inclinação em sair por aí, descobrindo lugares.

 Borboletas de asas marrons, com pequenos pigmentos amarelos e pontinhos pretos, sobrevoam as catingueiras. Os marimbondos circundam os velames, enquanto isso, meu pai explica que a casca do tronco do mameleiro é um remédio milagroso para dor de barriga, basta raspar o bichinho, usar os pedaços descascados e fazer o chá. Duvido da eficácia da infusão, mas meu velho garante o sucesso do negócio, preparado e tomado, certa vez, por ele mesmo. Enquanto explica, também come dos azedinhos.

Do meio das folhas, eu olho para a serra da frente e relembro que na sua cumeeira havia uma árvore mãe de outro tipo de fruto tão azedo quanto o azedinho. É o umbuzeiro, ícone da caatinga. O fruto é o umbu, tem gente que escreve embu e tem gente que chama imbu. Desde pequeno falo imbu. Escrevo umbu.

Desta vez, vou escrever diferente, pra tu tentar recitar o versinho adiante, sempre evocado por papai quando falamos de imbu, sem errar e bem ligeiro:

Lá em cima da serra
Tem um pé de imbu botando.
Imbu verde, imbu maduro,
Imbu seco, imbu secando.

— Caruaru. Maio, 2016.

BARRINHAS DE FOLGA

A antiga pracinha continua servindo aos moradores do bairro. Foi construída junto com a Cohab, faz algumas décadas, e mesmo com um recente parque urbano no lugar, com laguinho e patos, a praça prossegue atraindo futebolistas de areia e de quadra. Os pneus das gangorras estão carcomidos; as correntes dos balanços estão entrelaçadas, agora sem os balanços; os escorregadores, caiados de azul e laranja, estão descascados; touceiras esverdeadas se multiplicam pelos recantos da pista de caminhadas, da mesma forma que florescem as mudas de árvores, plantadas por alunos da escola, ao lado da praça.

Atletas de fim de semana e dias de folga são os usuários. Além deles, passeiam clientes da Pães Belos, que a cruzam diariamente, sedentos por pão e às vezes leite, ovos, queijo de coalho e mortadela. Dentre os esportistas, dois meninos uniformizados, blusas desgastadas de algum clube tricolor, chutam bola de uma barra à outra na quadra de areia. As barras de metal, antes brancas, pipocam espinhas enferrujadas. Igualmente oxidadas, as barras de exercícios e piruetas não suportariam, sem se tornarem farelos, moleques trapezistas e seus predicados giratórios.

As barras de concreto que sustentam os banquinhos de repouso, damas, xadrez ou namoro permanecem firmes, mas vazias. Já na quadra de cimento, mesmo sem barras metálicas, um grupo de jogadores se diverte com barrinhas de chinelo de dedo. Cinco passos do pé direito ao pé esquerdo, está feito o gol. Três competidores em cada equipe. No time dos descamisados, dois marmanjos e um menino, no outro, um pai de seus trinta e cinco anos e mais dois garotos. Com um bocado de suor, dribles, gols, abraços, gritos e sorrisos, e num dia de semana, sem dúvidas, são barrinhas de folga.

— Caruaru. Maio, 2016.

ROXO AZEITONA-PRETA

Na praça de alimentação do shopping da Agamenon, estou pronto para apreciar meu sanduíche recheado com azeitonas pretas. Gosto de sanduíches e algo de apetitoso e particular acontece na combinação do recheio com o fruto roxo das oliveiras. Minhas papilas gustativas adoram.

Numa entre as tantas mesas, três amigas conversam sorridentes, uma de costas para mim, as outras duas têm uma boca roxo-azeitona-preta. Certamente, dividiram o batom durante uma visita ao toalete e, se a terceira garota também estiver usando, a cor ganhou as graças da moda.

Mais adiante, uma jovem mãe e seu pequenino filho aguardam a refeição. Esperam a campainha da pastelaria, que chamará quando a comida estiver pronta. É um daqueles programas de mãe e filho que, talvez, fique para sempre guardado nas lembranças do garoto.

Ele deve ter cinco anos e brinca com um avião de papel-panfleto, sem muita aerodinâmica. Se o jogasse no ar, não voaria. Lembro que meus primeiros aviões de papel também não voavam. A mãe o segue com os olhos ternos, por trás dos óculos, enquanto o pirraia voa, circulando a mesa num zum-zum-zum acriançado.

Tim-tom: 132. A mãe vira para o painel e rapidamente retorna os olhos para o filhinho. Ainda não é o seu lanche. Dou mais uma mordida no meu sanduba e sinto a saliva provocando um pipocar de sabores. Aqueles dois agora estão juntinhos, mexendo num smartphone.

Tim-tom: 133. A mulher, com um vestido longo e colorido, levanta-se, deixando à mostra uma tatuagem de filtro dos sonhos no meio das costas. Ela busca um pastel grandão, uma lata de Coca-Cola e outra de Fanta uva.

Enquanto vai repartindo o lanche em pedacinhos menores para o filho, assim como faz uma mãe passarinho, eu relembro dos passeios com minha mãe quando tinha o mesmo tamanho desse garotinho. Caminhadas pelas bordas de um espelho d'água na praça; passeios para ver os ônibus chegando e saindo na rodoviária (será por isso meu gosto de ir para longe?); degustação de uvas, ela era a uva maior e eu alguma uvinha encontrada no cacho. Uvas lado a lado e eu sentia como era bom ter uma uvona bem grandona do meu lado, me protegendo.

Nos últimos goles dos refrigerantes, o menino retira os dois canudinhos da sua latinha e joga o líquido roxo-uva no copo descartável de sua mãe, que continha três dedos de coca (qual a cor da mistura?). Eu observo, rio, lembro que também já fiz dessas combinações e volto a saborear meu sanduíche enquanto continuo a relembrar vivências de infância.

Quando termino o pão e limpo os bigodes, retorno o olhar para a mesa da mãe com o garoto. Não estão mais lá, nem sei se o menino bebeu aquele néctar. Tomara, ao menos, que o momento vire lembrança. Me contento em pensar no amor de mãe guardado no peito do menino, quente, vivo como o meu, reacendido agora.

— Caruaru. Maio, 2016.

SAUDADITU

Saudaditu...
Saudaditu, saudaditu.
Saudadimim quando tô em tu.
Saudadagente assim, coladin.

— Recife. Junho, 2016.

ALGODÃO-DOCE DE LARANJA-CRAVO

Uma fera de ventos paira no céu. Voa sobre as antenas e apetrechos de comunicação dos topos dos prédios da Joaquim Nabuco, diante da Praça 9 de Julho. Corpo de dinossauro, cauda gigante, cabeça de naja e uma habilidade incrível de flutuar sem possuir asas. O bicho sobrevoa Presidente Prudente.
    Estaria disposto a destruir as estruturas metálicas, estilhaçar as vidraças, os apartamentos e escritórios? Tombaria os edifícios?
    Uma simples rabada e as paredes, em pedregulhos, cairiam sobre as motos enfileiradas na rua. Uma rabissaca que apavoraria os jogadores de baralho das mesas de granito, os caçadores de pokémon que andejam em volta da fonte central, os inquilinos da praça — pardais e mendigos — e estabeleceria o caos. Alguns botes da metade serpente e os pedestres do calçadão correriam desesperados para não virarem tira-gostos do bicho.
    Acho que não. Exagero meu.
    A quimera ruiva é feita de ar e gotinhas de água. Algo da cor da tangerina poderia fazer tais maldades?
    Ela apenas flutua na atmosfera e mexe com nossa imaginação. É uma fagueira nuvem laranja, igualzinha ao céu prudentino do fim de tarde. Uma fera gasosa e cinzenta

causaria muito mais danos do que a massa de ar de mexerica, sobretudo aos que dormem entre as folhas dos ipês e sobre os bancos que circundam a fonte d'água.

Logo, logo o monstro mimoso irá dissolver, reintegrar-se, transfigurar-se em algodão-doce de laranja-cravo. Irá embora com a brisa e será sucedido pelo anoitecer. Enluarará.

Os carteadores concluirão partidas e marcharão para casa. As jandaias pousarão nos galhos das sibipirunas. Os gamers seguirão mais algumas horas esfregando as telas dos smartphones e, finalmente, depois de adquirirem algumas pokebolas e chocarem ovos de weedles, seguirão sua jornada, voltando para suas moradias.

Mas tem gente que ainda ficará na praça, mesmo no fundo da noite.

E, desta vez, não é exagero meu.

— Presidente Prudente. Setembro, 2016.

ESPADAS AO CHÃO

Ainda é cedo da manhã. O horário comercial acabou de se iniciar e escuto uma barulheira enorme que vem da rua de casa. Vou à janela, vejo um caminhão de carroceria e uma carga assustadora. Tento entender a cena, ainda estou tomando minha primeira xícara de café, acabei de acordar, e, no adesivo, colado na porta da cabine do caminhão, a informação: transporte de máquinas e equipamentos pesados. Em seu dorso, uma imensa escavadeira. São dois veículos desproporcionais à rua encurvada escolhida para o desembarque, movem-se e roncam para que a máquina operária desça das costas da máquina transportadora. Durante a operação, outra máquina as ultrapassa. É uma caminhonete branca, para adiante da cena e, dela, pulam empregados em botas de borracha.

    O dragão amarelo, gigante desengonçado, desce ao chão e manobra entre os obstáculos urbanos, exala vapor quente e faz a paisagem atrás dele tremer. Marcha com sua esteira de passos dentados e pesados para dentro do terreno sem edificações que é meu vizinho. A escavadeira e os sujeitos de botas seguem a ordem de um homem com chapéu marrom, de fazendeiro, e sapatos de couro de serpente. O caubói deve ser o patrão, o dono da propriedade, escutei os boatos quando ele saiu da picape.

No terreno, a catrepilha bufa e ronca e se irrita e prevalece sobre o solo áspero, avança, junto aos trabalhadores, dentro dos domínios do chefe. Eles capinam, movem rochas e levam coisas de um lado para o outro. Ela segue descendo o relevo e esconde-se atrás de um pé de manga. Contemplo tudo isto da minha janela, onde, entre os arbustos desta gleba, costumo refugiar meu olhar. É mais um dia que se inicia e cada um precisa fazer o seu trabalho. Eu também rumo aos meus afazeres.

Em alguns minutos, um cheiro e um som despontam. Mesmo nunca tendo sentido a fragrância na vida, sei qual é: aroma de mangueira morrendo. Ela decai de sua glória de árvore frutífera, acompanhada por um estardalhaço de serra elétrica. E justamente agora, no tempo em que as frutinhas engordavam.

Retorno os olhos para lá e, ao ver as paredes amarelas de um hotel, antes entrecobertas por outras árvores, percebo que a madeira que foi derrubada na semana anterior, lá no fundo do terreno, daquele vegetal que eu nem soubera o nome, fora um prenúncio desta morte de hoje e de outras que se sucederão. Decido fechar os vidros para não ver o assassinato, para não a ver findar... A mangueira tinha inúmeras espadas, mas nenhuma foi capaz de defendê-la da motosserra.

Das bocas dos homens de calçados de borracha, ouço o pretexto, vão fazer um prédio. Árvores destroem calçadas, racham muros, caem sobre pedestres azarados, tem que derrubar. Mas e os bem-te-vis, onde irão pousar? E as mangas gordas que eu comeria com um punhado de sal e outro de açúcar num pratinho? E a garrafa de guaraná pendurada em suas hastes, para diversão dos meninos da Vila Guaíra?

Éramos vizinhos de bairro. Havia simpatia pelo pé de fruta, espécie que eu sabia o nome, igual à cebolinha e ao coentro da pequena horta de casa. Saber sua alcunha nos tornava mais próximos, não apenas colegas de vista, éramos quase íntimos...

No final da tarde, um banho fúnebre de garoa lavará o caule tombado, banhará a copa ainda esverdeada, em seu último viço. Carreará seu sangue leitoso, sua seiva a coagular. Suas espadas, ao chão, serão ungidas. As folhas e as manguinhas ficarão escandalosamente espalhadas pela rua inteira, descerão a via junto com a água da chuva até o Parque do Povo. Se tivesse patas, a finada poderia ter corrido ao passeio público, partiria para morar junto das jovens amoreiras, pitangueiras e aceroleiras que fruteiam vicejantes e enfileiradas por lá. Não tem, e apenas seus despojos descambarão a ladeira.

Com a chegada da noite, as luzes dos postes e dos prédios, no outro lado do parque, vão clarear meu quarto. Perdi meu biombo verde. Olhar daqui sem mangueira e vizinhas arbóreas será encarar os edifícios do parque, será encarar mais de duzentas janelas ao contrário, todas mirando minha intimidade. Vai se abrir, além destas, a visão dos carros correndo na Avenida da Saudade. Saudade que eu sentirei de não a ver.

— Presidente Prudente. Dezembro, 2016.

VISITA VESPERTINA

Peguei uma abelhinha saçaricando pelo meu quarto. Fintou ao lado dos meus cachos, driblou os fios do ventilador, arrodeou o abajur e ficou encarando a parede, ao lado do interruptor. Será que estava lendo o papelzinho colado — "ao que você vai dar vazão hoje?" — e querendo me fazer rever a notinha de autoajuda?
 Reflexão de agora. No momento, apenas observei seus movimentos aéreos. Ressalte-se, porém, que ainda que sem tal intenção, o inseto relembrou um conselho bastante oportuno. Na hora, a observei voar, pousar e voar novamente por alguns minutos. A porta trancada e a janela entrefechada, entretanto, sugeriram-me que ela não conseguiria sair dali. Como o "visitante noturno", de uma crônica bonita de Drummond, ela era minha visita vespertina. E nem sei se em sua primeira aparição por aqui.
 Há uns dias, uma abelha voejou entre as quatro paredes deste meu escritório-dormitório, onde escrevo e descanso. Digo uma pois não posso afirmar se era outra ou a mesma bichinha desta tarde. Ela, seja mesma, seja outra, naquele passado ainda fresco, aparentara fazer casinha num dos buraquinhos da parede, num desses furos de casas alugadas

que você nunca sabe o que abrigou antes de sua chegada. Um armário, prateleira, espelho, sei lá. Naqueles dias, parecera bom lugar para colmeia.

Hoje, entretanto, era do outro lado que ela, a mesma, ou não, cabeceava o cimento. Queria me mostrar a mensagem, só pode. Esses bichos têm um bom faro, mesmo eu não sendo especialista de entomologia, sei que, se houvesse mel naquele orifício antigo, essa aparição de hoje teria destino certo, e não seria um lembrete pregado na parede.

Outra coisa que sei é: a ferroada dói. Já fui atingido por ferrões na infância. Daquela vez não rolou olé nos meus cabelos. Elas se embolaram com vontade no gramado da minha cabeça. Apoquentadas, fazem jus ao nome de zangões, quando machos. Essa daqui, além de não identificar seu ineditismo na visitação, não reconheci sua sexualidade. Sei de pouco sobre ele-ela-elx. Mas repito, a ferroada dói.

Portanto, antes que a desorientação causasse agressividade n@ listradinh@, peguei, sobre a escrivaninha, uma caneca e um cartão-postal para improvisar uma maleta de viagem, como fazem com gatos e cachorros. Dei o bote e recolhi o inseto:

— Bzzz! BZzz! BZZZ!

E, ao engrossar do zumbido, como que num protesto de inocente por sua liberdade, injustamente retirada, a portinhola postal se abriu, já fora do quarto. Após segundos de viagem prisioneira, a emancipação apícola. Elx ganhou os ares, partiu para o lado de lá da janela, voou, foi-se embora.

Voltará algum dia? Fará, com o néctar coletado em suas flores e passeios, mais doces os meus aposentos?

— Presidente Prudente. Dezembro, 2016.

MANDALA D'ÁGUA

A revoada não me deixa nomear os membros do seu grupo. Não sei a qual time, dessas aves que vivem por aqui, pertencem. Talvez pardais ou bem-te-vis, andorinhas ou maritacas. Voam bem alto. Escapolem da chuva da tardinha, vinda das nuvens que compõem a paisagem na qual viajam.

Em sua jornada, não são apenas pássaros, são competidores que tentam chegar, o mais rápido possível, num destino seco e seguro. Neste jogo, esporte em equipe, todos vencerão quando encontrarem um lugar para o abrigo, o papo e o cochilo. Enquanto se aventuram nesta competição contra as gotas, me pergunto, aonde vão os passarinhos quando chove?

Fugiram das árvores, onde costumam conversar sobre as batidas de asas do dia e bater o papo sobre o conforto do galho-dormitório. O telhado de folhas que os abrigava não foi capaz de suportar as pancadas de água. Precisaram sair numa grande maratona alada.

Daqui do chão, são somente pontinhos voadores e seguem sua busca. Se livram rapidamente do meu olhar, proeza simples, mais fácil do que achar poleiros enxutos. Sem eles, regresso à Terra, me volto às poças d'água, formadas na calçada e na rua. Observo as mandalas que vão se desenhando com o baque dos pingos da chuva, eles caem sobre um reservatório que é obra pintada por outras quedas.

Sem guarda-chuvas, busco, assim como as aves, um lugar seco e seguro. Eu e mais pedestres encontramos abrigo num toldo de loja, diante do ponto de ônibus. Nosso bando tem três atletas. Não somos maratonistas nem volantes. Somos, porém, bons vitoriosos em nossa prova de velocidade, somos mais eficazes que os passarinhos na busca de refúgio. Quase não estamos molhados. Vencemos!

Só que esse é apenas um abrigo temporário, serve para o papo, mas não para o cochilo. Nossa conversa se ocupa com um dos clássicos universais da falta de assunto, o momento em que o ônibus chegará. Vai demorar ou chega logo? Será que vai estar cheio? Quando fará sua parada junto aos círculos d'água?

Hoje estou otimista e digo que já, já ele vai estar aqui, com muitas cadeiras disponíveis e, com sorte, o motorista será um homem cuidadoso o suficiente para não atropelar as poças e jogar água em nossas pernas. O casal sorri, concorda e continua o papo entre si.

Quando o ônibus vem, chega e estaciona na parada, mando um: "olhaí, ele é prudente!", o cara completa: "prudente e prudentino!". Rimos com o gracejo e a dupla vai embora. Que nem os passarinhos, se livram do meu olhar. Ela, com uma sombrinha, cobria seus cabelos vermelhos. Ele, com uma sacola de supermercado, protegia seus apetrechos eletrônicos. Embarcam no ônibus que os levará até o teto que é lar, papearão e depois se deitarão em seus ninhos.

Já eu, eu espero estiar.

— Presidente Prudente. Janeiro, 2017.

ATRAVESSEI MEIGUICES

Vejo noivos consumando um ensaio fotográfico no calçadão do Centro prudentino. Ali perto, um Golf prateado, estacionado na esquina, sob a sombra das árvores da Praça 9 de Julho, espera o retorno dos amantes. Ainda há pouco, o carro também foi composição e cenário para o casal. Fotos, flashes, abraços e beijos.

Adiante, outro casal. Esse é de adolescentes. Abraçadinhos, namoram num banco. O calçadão da Nicolau Maffei está quase vazio, os jovens podem namorar sem os olhares julgadores que se instalariam sobre eles, caso fosse um dos dias da semana. É sábado num final de tarde. Por ali, só nós, os fotógrafos e o primeiro casal. Usam o passeio e a praça como contexto e paisagem para a composição do registro pré-nupcial.

Eu ando lentamente, deixo a praça, sigo pela calçada, avisto outros poucos transeuntes, estão bem lá na frente, duas, três quadras depois do casal juvenil, que pode continuar com suas carícias e seus abraços. Não haverá recriminação alguma por sua exposição pública de afeto. Seus afagos ternos carregam meiguices e fortalecem os seus laços.

Continuo com meus passos preguiçosos e atrasados. Embora atardados, não são apressados, pelo contrário, a minha demora é um dos objetivos da caminhada. Por isso, avanço devagar, essa é a proposta, não desejo e nem quero chegar pontualmente no meu destino.

Os carros, que surgem das ruas perpendiculares à Maffei, hoje têm prioridade, não precisam esperar os pedestres. Essa regra só funciona entre segundas e sextas. A gente, que vai a pé, é que precisa respeitar as marcações no chão e esperar a passagem das rodas:

PEDESTRE << OLHE >> ATRAVESSE COM CUIDADO

Na volta, sem os brilhos do sol e sob as luzes dos postes, enfileirados e padronizados, e das lâmpadas das lojas, fechadas e não padronizadas, o calçadão permanece com poucos passantes. Menos do que antes. Mas, lá na frente, entre a praça e o passeio, vejo mais três vestidos de noiva, mais três fraques de noivo, mais fotos, flashes, abraços e beijos.

— Presidente Prudente. Dezembro, 2016.

SARAU DO PALHAÇO-GOLEIRO

O circo chegou em terras prudentinas, se instalou nos territórios do Parque do Povo. Há saltimbancos pela cidade. Viva a alegria! Encontro um palhaço sem peruca, mas com undercut samurai, simpatizo com o penteado e com as cores de suas vestes, túnica colorida de losangos amarelos, azuis e vermelhos. Predominam os vermelhos. Não é túnica completa, chega apenas até a parte das coxas, de onde se mostra um grande calção branco com bolinhas, também coloridas.

O arlequim vai ao banheiro público da Praça 9 de Julho, onde me encontra lavando as mãos. Cronistas também usam banheiros públicos. O palhaço tira a túnica, puxa uma toalha da mochila e, com papel e pano, começa a limpar a maquiagem. No tecido vão ficando as bochechas de pó de arroz, pelo ralo da pia escoa o sorriso de batom. Sairá dali transformado. É como se a porta do banheiro fosse um portal mágico que transmuta sua pessoa e sua aparência, é onde as máscaras caem, pelo empenho do papel higiênico.

Ao tirar a fantasia, se revela uma camisa de goleiro. Tecido preto, mangas longas, número 1 nas costas. O sapato de futsal e os meiões pretos me levam a acreditar que suas defesas são feitas numa quadra. Pelo ímpeto de seus movimentos com o pano, removendo a tinta com autoridade, deve ser o capitão do time.

Idosos entram, urinam e saem. Crianças com as fardas das escolas entram, fazem xixi e saem. Mãos molhadas são enxutas nos bolsos de trás dos jeans. Dedos nas braguilhas conferem o zíper aberto ou fechado. Nenhum deles entra e sai diferente. Só mais aliviados, com certeza. Ainda assim, saímos as mesmas pessoas. Nenhum truque. Nada de metamorfose miraculosa.

Fico no aguardo do palhaço-goleiro. Ele provará que, para um artista, qualquer banheiro é capaz de transfigurar.

Não é.

Sem palhaçada, ele recoloca a veste cromática e segue pela praça, agora sem nariz redondo e com um boné azul surrado, um coque sai da parte de trás do chapéu, deixa a bola de cabelos em evidência. Ele caminha pela 9 de Julho, desvia das palmeiras e deixa sua bagagem num dos bancos, onde dormem aqueles que moram na praça. Pelo entendimento dos indivíduos, creio que se conhecem e, pelo jeito, são vizinhos.

A lona colorida, pousada no Parque, nada tem a ver com o arqueiro multicolor, artista mambembe que prossegue seu caminho sem a mochila. Palhaços de circo não saem paramentados pelas avenidas, quando o fazem, no máximo acompanham o cortejo que anuncia as atrações do picadeiro. Aqueles que andam caracterizados pelas praças e faixas de pedestres tentam é ganhar seu pão na rua, arena de seus números tragicômicos.

O homem passa por trás do busto de José Gonçalvez Foz, que analisa a cena sem nada demonstrar, entra numa mercearia, cata algumas moedas na bermuda de bolinhas, alguma coisa para comer nas prateleiras, paga e volta para o assento-cama. Conversa com os parceiros. Gesticula. O céu vai escurecendo. Em breve, começará o seu sarau.

— Presidente Prudente. Novembro, 2016.

PEQUENO GIRASSOL

Ele carrega consigo um jarrinho de flor. Base sobre a palma da mão esquerda, os dedos da outra mão envolvem o recipiente. Os olhos voltam-se ao pequeno girassol que se ergue do vasinho. Não é um olhar qualquer. Eu, sentado num banco, e o povo, caminhando pelo parque, reparamos nisso.

A cada passo, as pétalas são abraçadas pela ternura dos olhos, desviados delas apenas entre um e outro piscar para orientar o caminho. E, vez outra, fitar as pessoas. Elas sorriem, como que numa recompensa ao zelo demonstrado pela plantinha.

— Flor bonita! — fala uma moça faceira, tentando flertar com o jovem.

Sem sucesso. Sua atenção e apreço têm outro destino.

A seiva dá vigor às folhas, estão viçosas e alegres. E as delicadas e amarelas pecinhas florais tremulam, enternecidas, a cada vez que o nariz do moço se aproxima e inspira seu suave perfume. Não é um cheirar qualquer. Coisa que nós, espectadores atentos e privilegiados, também notamos.

À medida que o passeio prossegue, mais e mais inspirações, mais e mais carícias de brisa. Um fascínio afável mana em cada atitude. Um xodó intraparque que permanecerá além dele, supomos todos.

O rapaz gosta de mostrar e entregar esse carinho, o girassol, decerto, gosta de recebê-lo. Seguem sua caminhada e juntos se vão. O parque é apenas passagem. Outro é o destino. E, a cada passo, a erva fica ainda mais radiante sob o luzir do sol.

Eu, do meu banco, e o povo, do parque, percebemos bem.

— Presidente Prudente. Janeiro, 2017.

MATIZES DE CÁ

Não conseguimos ver aquela mata adolescente, vida secundária, renascida, com seu espetáculo um tanto mais que pirotécnico, sem fogo, mas capaz de pipocar cores. Não vimos as folhas de prata, as flores em forma de pinheirinhos de ouro, as pétalas ametistas. Nem vimos o jogo dos matizes no alto das jovens copas verdíssimas.

Ao lado desta pequena floresta se deita um pasto imenso. Também não visto. Não neste dia. Vi, noutro dia, um grande tapete de capim, cercas e urubus de garras afiadas sobre as estacas do cercado e, sobre estas, seus penachos e bicos negros. Neste dia, entretanto, ninguém viu isso. Estava escuro quando passamos de ônibus por essas bandas.

Nosso ônibus é intermunicipal e diário. Começou sua jornada no finzinho da tarde e cortará a viagem pela rodovia Raposo Tavares, principal leva e traz das terras do oeste paulista, que são batizadas com nomes de presidentes. Iniciou o percurso num dos presidentes, Prudente, passará por mais dois, Bernardes e Venceslau, e concluirá o percurso em outro, Epitácio. É a rodovia Transpresidencial.

Logo cedo, ainda na saída do primeiro presidente, nosso veículo encheu demais. Era apenas um para carregar muita gente. Uma andorinha solitária que não deu conta de carregar tanto peso. Um povo que largava dos ofícios numa cidade e só queria chegar tranquilamente na outra. Mas não deu. Não neste dia.

Parou o ônibus, a turma desceu, reclamou. Nós, passageiros, sabíamos que havia ma-fé nessa história de não ter como levar todo mundo, de ter que esperar outra andorinha, de ter que dividir o povo em dois grupos...

Protestos, esbravejos e denúncias foram feitas, com direito a participação de polícia e imprensa, que chegaram junto com as cores da noite. Chegou, também, outro veículo para dividir os passageiros, levar cada um para seu destino. Quando, enfim, terminou o ruge-ruge, já era noite escura e ninguém mais veria colorido vegetal nem pretume animal pelas janelas.

Na andorinha que seguiu seu voo, nós, agarupados em suas asas, não vimos aquela paisagem, de muitos conhecida. Com o imprevisto, nossos olhares mudaram o foco e a contemplação mirou outro espetáculo: nossos rostos e nossas pequenas histórias, conhecidas ao acaso.

Do lado de lá das janelas, só a escuridão e alguns postes perdidos. Do lado de cá, uma vó de chapéu branco, com laço bege, cuidou de suas netas. Todos torcemos para a recuperação da mais mocinha, vestida de rosa, atingida por mal-estar na hora do rebuliço. A mulher de blusa azul que, indignada, vociferou até seu clamor ser ouvido pela televisão, por um momento cochilou, pousou sua cabeça ora no encosto estofado, ora nos vidros fechados e descansou um pouco. O menininho de bermuda verde, antes escondido pelos corpos daqueles que viajavam de pé, com o ônibus menos cheio, passou a ser visto por todos nós e se mostrou afeiçoado pela catraca, uma borboleta de metal, e com ela não parou de brincar.

O músico, entretanto, continuou de pé. Seguiu protegendo seu instrumento acinturado, coberto por capa de couro preto. Violão, guitarra ou contrabaixo, ninguém sabia, seu visual de penteado e barba nos indicou que qualquer um dos três seria possível. O rapaz com o caderno vermelho continuou anotando suas coisas, alguns rabiscos sem importância para os viajantes. A mulher com quase-genro professor de matemática, numa terra de belíssimo pôr do sol, onde a viagem termina, dividiu muitas histórias, alaranjadas de crepúsculos, com a moça acompanhante da cadeira ao lado.

Não conseguimos ver a paisagem e as vidas de fora, vimos, porém, olhando para dentro, coloridas minúcias de gente.

— Transpresidencial. Janeiro, 2017.

=P

— Benzinho, faça o rango, viu? — ela diz ao seu benzinho, no outro lado da ligação.
    Seu celular tá na orelha esquerda, do mesmo lado da janela do ônibus. A mulher viaja numa cadeira individual, daquelas da parte de trás do veículo. Pode conversar com seu amor despreocupada, sem nenhum vizinho de cadeira para ouvir o seu papo.
    Eu, enxerido, estou num banco da frente e escutar um chamado por um benzinho é a mesma coisa de me dizer ei, presta atenção nessa história! Minhas orelhas para trás virariam, se eu soubesse mexê-las. Não sabendo, finjo olhar a paisagem fora do vidro e ouço mais outras palavras da chamada.
    Vejo, com o canto do olho, o sorriso de esperança num bom rango a recepcioná-la. Quem é o benzinho, como é, o que faz da vida, ela é quem sabe. O que sabemos, eu e ela, é que uma das bondades do benzinho é fazer rango.
    E, pelo jeito, gostoso.

— Transpresidencial. Abril, 2017.

TRAQUES E TRAQUINAGENS

Uma série de pipoquinhos rompe a tarde da Praça Nicolino Rondó. São barulhos largados entre a árvores de começo de inverno e os banquinhos de concreto. Ricocheteiam no tronco dum ipê roxo, quicam no cimento das passarelas, pinguepongueiam nas paredes dos canteiros, pulam à grama e se irradiam pelos domínios da praça do Centro de Presidente Venceslau. Das copas, bate em retirada uma cambada de rolinhas, em voo avoado.

Percorrendo a praça, em direção da Avenida Dom Pedro II, duas jogadoras de basquete, em uniforme, se assustam e procuram o som. Surpreendidas e curiosas, miram as vistas na direção do epicentro dos estalos. No banquinho, sob a grande jaqueira, uma mulher de pernas cruzadas, segurando com mãos firmes o celular e pelo smartphone com mãos firmes sendo segura, se desprende da firmeza e da luz das conexões, aperta a tecla de bloqueio e entrevê, dos óculos escuros, o mesmo ponto focado pelas atletas.

Venho subindo da avenida, no sentido oposto ao das jogadoras, e, convicto de que os estouros soam de bombinhas de São João, estico o olho para onde as mulheres olham, levemente assustado, nada de mais, o coração só zabumba como num arrasta-pé de Luiz Gonzaga. Mas tudo bem, tá tudo tranquilo, de boa. É tempo de festas juni-julinas, de férias escolares, de brincaria. Um forrozinho cardíaco até que toca bem.

Nossa indagação e curiosidade encontra destino. É tudo cinza esfumado onde o nosso alvo dá. De acolá, perto do camelódromo, vizinho da praça, gargalhadas ameninadas rasgam a fumaça e entrecortam a catinga de pólvora. Traquinam cinco crianças com fogo e fogos dos festejos. Se revezam no acendimento da alegria.

Com nova faísca e chiado dum rojãozinho, disparam velozes. Um deles abraça o vendedor duma barraca de pochetes e bonés. Um menino se esconde atrás do caule do ipê, que garoa lilás pétalas. Mais duas garotas se abrigam atrás das mãos, numa careta. O último, nos olhos fechados, dentro dos ombros. Espectadores nem nos espantamos. Alguns queríamos era estar lá, pipocando junto.

Desejei ser perguntado se me queriam ir de ajuda, se pá, foguear traque, super traque, bombinha nº 1, batom... Não vira, olhar-me-iam como penetra. Um estranho, desconhecido, do qual fugiriam ainda mais velozes do que antes.

Fico por aqui, me sento e espero o sol-pôr, enquanto continuo apreciando a alegria da meninada. As jogadoras continuam a caminhada, a mulher de óculos escuros volta ao celular, apenas sorriem diante da traquinagem e seguem suas vidas. Meu coração, porém, continua acelerado, ritmado. Do danado, ouço um baião torácico, zabumbado. É uma canção conhecida, gonzaguiana:

"Ai que saudades que eu sinto
das noites de São João
das noites tão brasileiras nas fogueiras
sob o luar do sertão".

— Presidente Venceslau. Julho, 2017.

CAMINHADA, CORRIDA E PIQUE

Com receio de morte no peito e para desentrevar as articulações, resolvem se mexer. Por medo do aumento nos contornos da silhueta e dos níveis diários de estresse, partem do sedentarismo. Sem temer, decidem caminhar.

Escolher o percurso é o primeiro passo, seguido, de perto, por outras pernadas, rapidamente decididas, que descem a Newton Prado. Passo a passo, veem nos primeiros quarteirões casas, lojas, paredes, vidraças. Atrás de uma delas, marcadas por letras brancas concentradas e equilibradas, pessoas estão pilateando e se esticam em formidável flexibilidade. Do lado de fora, prosseguem os pedestres, se motivam com o exemplo e juntos sentenciam — Adeus, repouso!

Passando as calçadas, normais para o andar e ruins para o cooper, chegam no centro poliesportivo. Na quadra, pernas finas e espertas driblam outras menos habilidosas, finas e espertas. Como ali não é o destino, persistem ziguezagueando os veículos estacionados ao lado da quadra. Os carros esperam motoristas e passageiros, que mastigam prato árabe ou sanduba estadunidense nas lojas da avenida.

Chegam à rotatória. Nela, um marco rotário revela a presença do clube em mais um recanto do Brasil. No

cruzamento, um DÊ A PREFERÊNCIA, triangulado no asfalto e nas placas, anuncia, também, um PARE aos carros. Passagem livre aos pedestres-atletas. Adiante, se estende, ladeada à direita por robustos bambuzais crescidos, ladeada à esquerda pela continuação da avenida, uma calçada nem estreita nem larga, suficiente. É ao longo dela que se exercitarão.
A boca da noite ri, num céu roxo impresso com fino e crescente enluarado. Os atletas, orgulhosos da disposição mostrada até então, recebem o sorriso do céu como brinde e reforço. No canto da calçada suficiente, espicham as pernas sobre as barras de ferro que sobem do chão gramado e estão ali para o alongamento. Alongam-se.
Desse ponto, se rodeiam de parceiros nutridos pelo mesmo propósito, o exercício. Uns em garra solitária, outras em duplas, trios, casais. Mexem membros e bocas. Corpos ofegantes e suados correm para lá, junto delas... "Magina! Gódisso, não!" passam vozes. Outros, menos molhados, caminham para cá... "Sumêmo, mano. Fexô" igualmente conversadores. Todos se exercitam, vigorosos ou moderados. Em tênis, shorts e camisetas, os corajosos novatos, com tendões já esticados, se aquecem.
Alongados e aquecidos, estão prontos para o exercício, puxam oxigênio e vão.
Passos. Pisam. Passa. O chão. aff! uff! Passos. Pisam. Passa. Um cão. (AU! AU!) Patas. Andam. Mãos. Comandam. (AU! AU!) Late. Andam. — Para! — mandam. aff! uff!
Pisam passos. Passa cara. Aff! Uff! Pisam passos. Boca fala. (tititi). Povo parte. Paira papo. (piriri). Fica parte. Passa fato. Aff! Uff!
Passos pique carros rodam. AFF! UFF! Passos correm motos colam. (BIBIBIIIII...) Pálio passa Uno pisca. (BIIIII-IIII...) Pampa passa perto Fusca. AFF! UFF!

Passos poupam. Mir'um lado. Aff! Uff! Passos prosam. Blá'nimado. (HAHAHA!) Pensam pisam. Rugas pregas. (ARRARRÁ!) Velha visam. Ih! sem tréguas. Aff! Uff!

Passam. Olhos. Pr'outro. Lado. aff! uff! Passam. Galhos. Vento. Mato. (VUu-u-uUU!) Pisam. Folhas. Sopro. Espalha. (FUu-u-uUU!) Há. Escolhas. Pulam. Palha. aff! uff!

No ponto de retorno, meialuam no poste, metade já foi, puxam oxigênio e vêm.

Pausa. Querem. Pra. Pular. aff! uff! Pausa. Pedem. Pé. Quicar. (tóim-tóim!) Pisam. Piso. Forçam. Coxas. (bóim-bóim!) Batem. Pis'em. Meias. Roxas. aff! uff!

Passos pisam. Passam toucas. Aff! Uff! Passos pisam. Olhos bocas. (pororó). Lombos braços. Dedos lábios. (trololó). Buchos baços. Passos sábios. Aff! Uff!

Passam chiques Prisma Blazer. AFF! UFF! Pass'em piques Honda Fazer. (VRUM-VRUM!) Roncam cruzam Jetta Sedan. (VRUUMM!) Andam cruzam Celta Nissan. AFF! UFF!

Poupam pressa. Ouvem falas. Aff! Uff! Topam nessa: Voam balas. (blá-blá-blá). Mano calma. Poupe a vida. (tralalá). Zele a alma. Tá ferida. Aff! Uff!

Passos. Pisam. Pensam. No ar. aff! uff! Passos. Param. Sede. Cessar. (glub-glub). Pausam. Passos. Água. Brindam. (glub-glub). Param. Pisos. Passos. Findam. aff! uff!

— Presidente Venceslau. Agosto, 2017.

QUERO UMA COISA

Manhã de domingo, num destes mistérios da vida que nos desperta cedo, quando poderíamos ter dormido um pouco, um tanto, um bocado mais, me levanto da cama, coço os olhos, remelados, o corpo moído. Tiro a cueca-pijama e banho. Um súbito desejo de querer uma coisa me toma, algo sem forma, gosto, cheiro, som, sei lá o que é. Por hora, é só sensação, vontade inexplicável, mistério superior ao sono aberto. A sonolência, pela água do chuveiro, escorre, traz quente sabor. Ainda não é, porém, a desejada coisa.

    Com toalha na cintura, de volta ao quarto, capturo celular, deslizo escolhas no aplicativo musical. Minha eleita, sonora criança dominical, põe-se a dançar, roda nas alfaias batucadas por baquetas encorpadas, no tarol tabicado por varetas-vassourinhas, na guitarra e no baixo dedilhados por sóis, lás, menores mis. Amplifica-se amasiada com voz de mangue, atravessada em percussão triangular. Giro, agarrando-a por parceira. Nosso bailado tem condução forte, pisada pesada no tapete de fofinho algodão, toalha dos meus pés distraídos e acalentados. Esta, mesmo serena e perfumada por distante céu azul de estrela, arco-íris e sol, não é, ainda, a ansiada coisa.

O pano molhado, pendurado no varal, libera o meu corpo enxuto para ser coberto de boxer, blusa e bermuda. Jogo nos bolsos chave, carteira e caneta. De pulseira no pulso, creme nos cabelos e pés protegidos, percorro à porta. Talvez na rua, esperançoso espaço de múltiplas possibilidades, ache minha pretendida coisa.

A caminhada enfrenta ladeira ascendente e matutino frescor, dourado em raios descendentes. Sinto músculos e articulações em movimento, me percebo vivo e inteiro. Subo a Avenida Tiradentes, aorta da cidade, e degusto a brisa lambendo meus cachos, bagunçando os cabelos pra lá e pra cá. Provar desta vitalidade, temperada de luz e das carícias dos ventos é agradável, todavia, não é esta, ainda, a almejada coisa.

O percurso me dá um posto de gasolina e uma conveniência recheada de ofertas: refri translúcido, snack de milho, barra de chocolate, pastilhas de gosto preto. Não, nada disso contempla minha ambição, sequer se aproximam da desconhecida coisa. Saio.

Há um daqui a pouco do entroncamento da avenida, presencio as últimas fotossínteses de duas mungubas, há muito sendo golpeadas por machados. Adeus, folhas, troncos, raízes, saibam, enquanto ainda me ouvem, vossa morte não é, definitivamente, a desafortunada coisa da minha insistente aspiração.

Do cruzamento, frutas esbanjam cores e anunciam, hoje tem feira domingueira e ela se principia naquela última encruzilhada ali, cabeceira da Tiradentes, há poucos passos desta faixa de pedestres. Sobre esta e sob o semáforo, três limões piruetam, giram, giram, giram, lááá em cima e pousam, nas mãos dele, o senhor dos malabares cítricos. Compro seu serviço, troco por moeda prateada e dourada o fruto que suas frutas o dão, o espetáculo do ágil jogo de rodopiar a vida (quase) sempre sem deixá-la cair. Recebo um grato e tártaro sorriso cariado e um versículo profético. Amém, humano-irmão, mas ainda não é assim a minha esperada e buscada coisa.

A feira parte da esquina para esquerda, estira-se, vai, multiplica-se mil, do estacionado caminhão de abacaxi pérola às numerosas barracas de tetos-lonas azuis e laranjas. Têm laranja moricote, feijão preto, repolho roxo, cheiro verde, pimentão vermelho, amarelo. Pego o cheiro, em hortaliças, e as frutas ácidas e suculentas, levo colorau, pago pastel, o de broto de bambu acabou, como um de carne seca, bebo suco de maracujá. Manuseio, inspiro, mordo, trago. Vou-me embora com sacolas e bucho cheios. Ainda não sei como conseguirei, mas persisto em alcançar a utópica coisa.

— Presidente Venceslau. Agosto, 2017.

BAGAGENS

A lancha vem trazida por ele, óculos de sol, camiseta regata e ar juvenil. Às suas costas, o barco está bem acomodado no seu transporte. Como toda lancha, porém, é maior do que seu suporte, uma parte dela, a ponta da proa, sai um pouco. Entrando na área de embarque, o rapaz ergue os óculos e vira cabeça para o lado, com o rabo da visão garante a presença do seu brinquedinho, está ali, bem acoplado a si.

Em sua companhia, um homem, jeito de pai, desprende-se de sua bagagem, coloca uma mochila maior no chão e outra menor, com estampa de princesa, num dos assentos do local. O rapaz também retira as alças da sua mochila dos ombros, com bastante cuidado, não quer derrubar sua navegação em miniatura, e senta-se no banco da área de embarque da rodoviária, põe bolsa e embarcação no colo, estão seguras.

O pai apalpa o bolso do lado direito da calça, o grande, não, o pequeno, aquele onde se guardam moedas ou chaves e se guardavam, antigamente, relógios de bolso de correntinhas. Nesse minúsculo compartimento, o homem guarda relógio, calculadora, câmera, e-mails, álbum de fotos do piloto da lancha de brinquedo e da dona da mochilinha de princesa.

Guarda discos de sertanejo num aplicativo, noutro aplicativo, mensagens, noutro, ofertas e planos da operadora e, também, o telefone, tudo num aparelho só. E é esta última função do smartphone, tocando uma pergunta de jeito carinhoso ~ como esquecer o beijo que você me deu? ~ que o leva a tirar do bolsinho o celular.

— Alô, aqui tá tudo certo, e aí? Já tamo na rodoviária, cês vão tá na onde? Tá bão, daí a gente vai primeiro pra Orla ou pro Figueiral? Tá certo, guenta aí, rapidinho o ônibus chega, dois palito e nós tamo aí. Edson tá levando a lancha, sim. Lara tá doida pra nadar, teve que sair de casa já vestida de biquíni e tudo...

Lara se solta do pai. Usa diadema com orelhas de gatinha, chinelinha rosa, deve ter uns cinco anos. Risonha, investiga o púlpito de madeira do fiscal rodoviário, ele não está lá. Explora a plataforma, palco do sapateado de pombas cinzas, brancas, brancas e cinzas. Averigua a escada, acesso ao primeiro andar, lá estão os guichês e se vendem as passagens. Passagens já compradas antes da atual espera. O pai tira os bilhetes do outro bolso, após guardar o celular no pequeno, e aguarda.

Chega o ônibus, no letreiro: PRESIDENTE EPITÁCIO. Após desembarque de duas mulheres, um corinthiano e mais uma moça, vindos de Prudente, Machado, Bernardes, Anastácio ou Piquerobi, embarcam. Acomodam-se, o pai e Lara na janela, Edson ao lado, sentado no leito do corredor, a lancha firme entre suas mãos.

Lara me vê do lado de fora do ônibus. Nota, num dos bancos da rodoviária, observador enxerido e abre um pouco os olhos. Surpreendida e intimidada, congela seus movimentos alegres, foge o olhar para a cadeira da frente, para as mãozinhas, para o chão, volta a me olhar, queixo abaixado, olhos meio escondidos pela sobrancelha. Eu ensaio um tchauzinho, não o executo, não quero murchá-la mais ainda. Entrego-lhe um sorriso de canto. Ela enfia a cabeça no peito, toda murcha e toda tímida, não dá liberdade aos estranhos. Por sorte, o irmão a chama, e vão mirar as pombas, que fogem do barulho e da fumaça cuspida pelo veículo. O riso da menina se reabre.

É, minha hesitação, antiga e relutante, ganha nova prova e argumento: um bom cronista precisa, mesmo, é de bons óculos escuros. Mergulho nessa ideia. Enquanto isso, manobram, saem, sorrindo em felicidade, vão a Epitácio e aos tchibuns no Rio Paraná.

— Presidente Venceslau. Agosto, 2017.

NOVENTA E UM

O corpo docente das escolas públicas falou às turmas, o das particulares, também. O subtenente do TG comunicou para os soldados, o comando da Polícia Militar, idem. Clubistas do Rotary e do Lions informaram-se em reuniões, membros de igrejas evangélicas, associações de judocas e outras entidades, da mesma maneira. Políticos municipais explicaram e ordenaram subordinados para que providenciassem estrutura. O calendário anunciou a todas e todos: no começo de setembro, mais um aniversário, nova idade para Presidente Venceslau — o município, não o homem.

Cientes, muitas e muitos se prepararam para a festa: desfile cívico na Dom Pedro II, primeira sexta-feira do mês, à noite. Estrutura a providenciar: cordões de isolamento nas calçadas da avenida e da Praça Nicolino Rondó, interdição do trânsito usual, construção do palanque e contemplação das autoridades, não só municipais.

Algumas e alguns se programaram para marchar, representando sua instituição por orgulho ou mesmo por dever do compromisso. Outras e outros vão acompanhar seus marchantes e fotografá-los, marcharão junto, aplaudirão

e até lacrimejarão. Várias e vários mais vão se esbaldar nas gostosuras dos desfiles cívicos.
No dia, aliás, na noitinha, uno-me aos vários e várias. Somos plateia. Festamos por fora dos cordões, apreciamos trânsito eventual e petiscos extraordinários, vendidos em banquetas e tendas. Avança uma escola, espetinho de queijo, a faixa: VIVA O FOLCLORE, de frango e carne, sacis e curupiras, medalhão e coração, outra faixa: VIVA MONTEIRO LOBATO, kafta e água mineral, Emílias e Viscondes de Sabugosa, gelada e natural, professoras e professores, laranjada engarrafada, alunas e alunos de farda, guaraná-tubaína enlatada, "lá vem a fanfarra do IEE", profere o locutor no palco, sonoríssimo.
Antes que a banda marcial chegue, o prefeito fala à cidade, microfone em riste. Venceslau ouve — o município não, o homem, em busto de bronze na praça ao lado. A aparelhagem é potente e o patrono também é autoridade contemplativa do evento. Munícipes venceslauenses também ouvimos, não todos, não todas, só alguns muitos e várias outras.
"Essa menina, a como é a pipoca?", penso perguntar à vendedora atrás do carrinho. Largo mão, não nos ouviríamos entre discursos e percussões. Sinalizo com número dois dedos, aponto uma vez para a salgada, outra para a doce. Dois reais cada saquinho. Um meu, outro do amigo.
A fanfarra chega, batuca, corneta, evolui. Jovens se apresentam, mastigamos pipoca, repiques e ribombos, com mãos carameladas e amanteigadas, as coreografias se sucedem, e o público "oooOOHhhh!". "O quê? É a música famosa, né?", eu. "Não, o menino!", ele. "Onde, cadê?". "Ali, o balão, em cima!". Um coração prateado emoldurando Mickey & Minnie, com barbante pendurado, sobe, alto, além-tribuna, voa, vai, viaja… No chão, o menino faz bico, muito mais alto. Não chora, só bico, e o vemos.

A mãe se abaixa, beija sua testa e o leva pela mão. Minhas testemunhas debatem: "Tinham comprado agorinha mesmo…". "Amarrava no dedinho, ué!?". "Aí prende a circulação, pode não!". Diante de um vendedor, com bastão cheio de brinquedos pendurados, avaliam um substituto.

Voltam com espada de luz e marreta de ar. Riem, se divertem, contentes, desfilantes desfilam, shwin-shwin, powf-powf, nova fanfarra fanfarrea, ele dança, tem molejo nos ombros "e gingado nas cadeiras, olha só!".

O evento continua. Ficamos vendo o menino, rimos e nos divertimos, contentes.

— Presidente Venceslau. Setembro, 2017.

MEMÓRIA CHEIA

Numa tarde distraída, ando pela Praça da Matriz. Ao lado da banca de revistas há uma mesa e quatro tamboretes redondos, de concreto, pintados de brilhante azul tinta-óleo. Sobre eles, há uma sombra sossegada de sibipiruna que, nestes últimos dias do inverno, quentes de quase-primavera, caduca minúsculas folhas e tem o cocuruto amarelo de pétalas. Gostoso cenário para sentir a vida, o vento e o frescor do verde.
 Me sento depois de comprar um Tribuna Livre. Um cronista compra jornal. A edição despertou meu interesse e, dum dos recantos da praça, parti à banca. Superados alguns passos, o estabelecimento, atendendo, me recebeu com seu cabeludo dono, entretido na contagem da nova remessa de palavras-cruzadas. Paguei em moeda, recebi em papel-periódico. Num dos banquinhos aprecio a crônica impressa. Depois vou recortá-la e guardá-la no arquivo de memórias.
 As folhinhas verdes pulam sobre o papel e ficam, repousam entre as páginas. Serão lembranças da leitura e da brisa. Publicação lida, mexo no celular. Na tela há um ícone que me incomoda. No lado esquerdo, canto de cima, pequenino, o símbolo de um disco com uma exclamação em miniatura.

Está lá faz dias, convive conosco há meses e não seria exagero dizer que, dentro dos dois anos que possuo o aparelho, ao menos um, um e meio, esse círculo nos acompanha. Sei do que se trata, já o sumi dali outras vezes. Dedo passado no vidro, a mensagem: "O espaço está reduzido. Algumas funções do sistema podem não funcionar". É a memória cheia, conhecida de nós, possuidores de smartphones.

Entre guardar memórias em papel ou megabytes, escolho a primeira opção. Decido apagar alguns arquivos para fazer o sistema funcionar direito. Nos áudios, paro para ouvi-los. Escuto recados enviados e recebidos, mensagens para a reflexão e algumas canções. Avisos e sermões descartados, ouço, uma a uma, as músicas.

Uma delas, intensa, não em decibéis, em aflorar emoções, desliza pelo ar. As ondas sonoras se misturam com as flores gotejantes e, bailando em brisa, perturbam, arrepiando os pelos dos braços e das pernas, confortam fazendo os olhos se fecharem junto dum sorriso que vai se abrindo. É agradável e doce, dizer mais seria difícil. Uma imagem criada em texto jamais dará conta de sensibilizar tanto quanto uma profunda experiência auditiva. Imaginem vossas melodias mais enternecedoras. Imaginem, pois eu não preciso disso, ouço, sinto e flutuo no ar com os botões amarelos e a suave harmonia.

Enquanto a música toca, uma cena se desdobra perto de mim. Adiante, na calçada, outros bancos de azul brilhantes, retangulares e coletivos, acomodam os clientes da kombi de sorvete americano. De lá, risadas juvenis voam e se entrelaçam com o movimento de cá. Abro os olhos e presencio. É um casal adolescente, o nariz dele lambuzado de sorvete de morango, a bochecha dela, de menta. Usam toques e pétalas como sua trilha e se divertem com seu amor jovem e primaveril.

Melhor não apagar essa memória.

— Presidente Venceslau. Setembro, 2017.

PRESENTE D'ÁGUA

Os quinze minutos finais do meu aniversário me oferecem uma chuva de ventos. Não gosto de chuva de ventos. Águas e lufadas se juntam aos presentes: uma camiseta rosa, um caderno laranja e um potinho de cerejas marrasquino. Adoro cerejas. Gosto de tomates-cereja. Minha utopia sonha com um mundo onde existam cerejas-tomate. Esses três mimos natalícios se agregam a outro, recebido dias antes: um quebra-cabeças de um templo japonês dourado. E os relâmpagos clareiam, mais um pouco, a noite iluminada pelas mensagens de celular, vindas doutros céus tempestuosos e não.

A tarde havia ensaiado batuques e pingos. Nuvens nimbos formaram um céu com olhos de grossas sobrancelhas cinzas e avistaram minha cara de aniversariante desconfiado, receoso de tempestade logo no dia um. Da troposfera, as gigantes pupilas d'água fitaram minhas pequenas pupilas, imersas no cinzento refletido e recordado.

Esquadrinharam imagens e lembranças de uma distante casa de infância, de teto reto, inundada pelas goteiras, a pluviosidade acima dos ossos dos mocotós do pai, mãe, filho e o levaram, no colo, para a casa enxuta e de teto inclinado da vizinha. Os olhos celestes visitaram, ainda, uma memória menos distante, adolescente, do trovão das paredes que desmoronaram e derrubaram o reformado teto inclinado, ruído pela infiltração da chuvarada, roedora de alguns tijolos dissolvidos, jamais reconstruídos.

O olhar da atmosfera viu meu terror e se apiedou. Reprimiu a tormenta para mais tarde. Os supercílios celestiais se desmancharam, num clemente e rápido choro garoado, num suave toque de tambores, num rumor de pancadas leves. Foi chuvisco sereno para minha alma revolvida. Foi, porém, chuvisco suficiente para tanger os pardais abrigados na aceroleira do quintal.

Depois, quinze para meia-noite, suspeitando meu primeiro sono de idade nova, eu já na cama, o céu começa o despejo. Agora pode, deve e quer. Arrojada, forte bate vento, saraivada cai. Dum clarão estremece um sopro, dois, três, mau tempo faz. Acordado estou e ainda mais fico, inquieto, atormentado na tormenta.

Levanto, vou à janela, abro brechinha para ver. Sem pardais, o pé de acerola se retorce ante o pé d'água. Os raios revelam amplidão molhada, preta, marrom-avermelhada, preta, relampeada, preta.

Subjugado pela força do temporal, impotente e aflito, o acompanho e espero. Espero generosidade, mais uma vez, do céu e da ventania chuvosa da noite. Espero que vire chuvinha boa para fazer dormir. Espero o fim dos últimos quinze minutos do meu aniversário e como as cerejas.

Minha utopia agora é outra, só quero e espero estiar.

— Presidente Venceslau. Outubro, 2017.

UMA INFORMAL LIBERDADE PRIMAVERIL

A primavera começa quente, mas logo esfria. Por baixo da capa de friagem, estendida pelas nuvens cinzentas sobre a estação desabrochante, agasalhos brotam por cima dos troncos que caminham pelas ruas. Pelas praças e canteiros públicos, vizinhos dessas ruas, brotam e desabrocham, também, flores e frutos. É primavera.
 Mesmo no frio, a gente sai. Saímos troncos, saímos pétalas, saímos frutas. A primavera aflora fria, aí saímos pouco. Entretanto, saímos. Há obrigações profissionais, protocolos contratuais, horários e datas a cumprirmos. Há formalidades exigidas pelo trabalho e pela estação. E saímos o necessário para formalizarmos as exigências.
 Saímos pouco, na verdade, para informalizarmos as informalidades, para nos libertarmos no nosso tempo livre, para primaverarmos a primavera. Saímos pouco, pois xícaras de chá quente ou fundos pratos de sopa e edredons sobre a cama, na companhia de corpos queridos, nos parecem bem mais saborosos e aquecedores. Sobretudo nessa friaca do fim da tarde de expediente ou começo dum dia de folga.
 São gostosas e quentes as tais liberdades intraparedes e subtetos. São, porém, informalidades invernais. Ele ficou em

setembro. Embora este insensível, insistente e nublado céu nos cubra, em teimosos restos da velha estação, e tente nos resfriar neste outubro florescente, lembremos, é primavera, saem troncos, pétalas e frutos. Saiamos!

Sei e dou fé de uma informal liberdade primaveril capaz de esquentar qualquer sábado de folga e alegrar qualquer paladar no fim de tarde duma quinta ou qualquer outra feira. Mesmo nesta falsa invernada. E qualé? Comer fruta tirada do pé. Dos pés das praças e canteiros públicos. Dos pés que saem, desabrocham e frutificam.

Dou fé, pois saí e degustei. No pátio da estação ferroviária, perto da pastelaria de rodas e das falsas seringueiras, tem um pé de tamarindo, em frutos bons de caçar. Caçar porque poucos estão no chão e a copa da tamarineira é alta. Chamemos nossos espíritos moleque-caçadores e arremessemos, com mãos de baleadeira, sandálias contra as folhas. Derrubei um cacho com minhas havaianas — sim, me atrevi a sair de chinelos e bermuda. Estavam bem azedinhos, deliciosos.

Há um pomarzinho na Praça Nicolino Rondó, é vizinho duma saída lateral do camelô. Dos canteiros crescem limoeiro, goiabeira, jamelão e amoreira. Infantis, nenhum frutifica ainda. Encostada na lataria duma barraca, para nosso desfrute, outra amoreira, jovem-adulta, explode em frutinhas negras. Nos galhos altos, amoras às maritacas, nos baixos, aos namorados dispostos à colheita.

Se amoras e tamarindos são muito cítricos; se precisamos nos esticar demais para pegá-los; se nem ela nem ele são o bastante, sei doutro pé. Doce, docinho.

Movamos nossos pés. Subamos a Princesa Isabel, como quem vai à Igreja de Santo Antônio. Atrás da paróquia tem uma torre, um casarão e um pôr do sol. Entre o palacete e o entardecer, uma jabuticabeira. Do seu tronco, brotam trinta, trezentas, três mil jabuticabas, pretíssimas. Basta coletarmos. Dá até para arrancá-las direto com a boca.

    Caça, colheita e coleta nos movimentarão e esquentarão. Tamarindos, amoras e jabuticabas — ah, jabuticabas! — nos adoçarão e deliciarão. Se ainda for necessário irmos às flores, frutas e troncos com troncos agasalhados, que seja. O tempo irá tanger temperaturas. Esquentará. Mesmo que por enquanto ainda não seja de havaianas ou saias, saiamos!

— Presidente Venceslau. Outubro, 2017.

ASSINATURAS

Fiquei admirado quando vi o livro e abestalhado quando o folheei. Brochura, tem miolo com manchas de tempo, bordas danificadas, lombada se desfazendo, mas identificável. Uma coletânea. Um organizador. Sete autores notáveis e brasileiros. Seis assinaturas. Sete relíquias, ali, e agora aqui, na minha mão. Uma surpresa em papel antigo. Uma preciosidade com cheiro de mofo.

Pois, faz uns dias, eu vinha passeando pelo centro de Venceslau e resolvi seguir pela Princesa Isabel, dar uma passada na Biblioteca Municipal. Na avenida, uma novidade, construíam e pintavam lombada nova e amarela. Será por causa da caminhonete que bateu na moto e pegou fogo!? Deve ser. Me surpreendi. Interjeição maior, porém, soltei quando encontrei lombada amarelada e velha.

Consultei as prateleiras 869.9, onde mora a literatura brasileira. De estantes móveis, girei manivela para abrir corredor literário. Entrei na viela e trafeguei por outras lombadas até escolher uma para estacionar. Nesse caso, não há infração de trânsito.

Tenho hábito e prazer em viajar pelo acervo. O clímax vem quando encontro o abrigo dos livros de prosas curtas e despretensiosas. Vou bisbilhotando um; bulindo em dois, três;

leio quatro, cincrônicas. Escritoras conhecidas, prosadores nem tanto. Tudo é referência. Um cronista precisa de referências.

Olha esse velhinho aqui... Eita! E tem dedicatória de... Eita gota!! Com assinatura dela, e dele, e dele também, até dele, será que tem de... Eita gota serena!!!

Vamos às explicações. Primeiro, conforme as linhas impressas em 1963: "Compõe-se este volume de dez crônicas de Carlos Drummond de Andrade, Cecília Meireles, Dinah Silveira de Queiroz, Fernando Sabino, Manuel Bandeira, Paulo Mendes Campos e Rubem Braga, selecionadas do programa literário 'Quadrante' da Rádio Ministério da Educação e Cultura, em interpretação de Paulo Autran, na gestão do diretor Murilo Miranda". Notáveis referências!

Continuando, segundo apresentação de Miranda, com o "propósito de valorizar o setor literário, foi lançado 'Quadrante', que se converteu, desde logo, em um dos maiores sucessos da radiofonia brasileira e que, estendendo sua repercussão ao campo editorial, através da publicação em livro de uma coletânea de crônicas extraídas do programa, classificou-se como um dos mais autênticos 'best-sellers' de 1962. O sucesso alcançado pela publicação desse volume levou a Editora do Autor a lançar uma nova série de crônicas, aqui reunidas neste segundo 'Quadrante'".

Com duração de cinco minutos e horário fixo e de reprise, Autran vozeava, a cada dia da semana, um texto desses escritores. Entretanto, igual a muita coisa e muita gente, saiu do ar com o Golpe Militar de 1964.

Alô, alô Jovem Som FM! Alô, alô Venceslau AM! A ditadura acabou, a ideia está lançada, o cronista está aqui, interessado em assinaturas, e o meu contato está logo aí embaixo, no fim do texto.

Quadrante 2, dedicatória e autógrafos foram mimos. "A Altair Bevilacqua, com um abraço de seu velho amigo e fiel admirador, Murilo Miranda, 10.7.63". Por valorizar amizade e admiração, Murilo recolheu as assinaturas, em peculiares letrinhas manuscritas, de Meireles, Bandeira, Drummond, Sabino e Braga. Bevilacqua gostou bem muito, fato. Hoje, descansam ele, seu confrade, os quadrantistas e seu livro repousa numa estante móvel.

Soltei meus eitas, baixinho, respeito ao ambiente, e fiz o empréstimo do exemplar. Tantas assinaturas importantes... E eu só queria mais uma, desimportante e acompanhada duma mensagem banal: "Pertence a Anthony Almeida". Alô, alô, bibliotecárias!

(*) O autor é pernambucano
e mora em Presidente Venceslau.
Escreve crônicas, coleciona postais
e leciona Geografia na cidade.
Contato: anthonypaalmeida@gmail.com

— Presidente Venceslau. Outubro, 2017.

915 DIAS

Na beirada do São João, há novecentos e quinze dias, debandei de Pernambuco para São Paulo. Saí de Caruaru sem ver as fogueiras, sem comer milho assado na brasa — mesmo preferindo o cozido, que também não comi — e sem ralar o bucho noutro bucho na véspera, e na data, do santo padroeiro das festanças do forró.

Passou-se o São João, São Pedro, Santo Antônio — do outro ano —, mais um São João, mais um São Pedro — e mais um ano —, outro Santo Antônio, outro São João, outro São Pedro, novecentos e quinze dias e eu longe. Tão longe e tão longe que nem fogueira eu fiz.

Agora tô voltando. Viagem curta. Vai e vem só para ver mamãe, papai — não digo painho e mainha — e romper o ano. Depois, passar uns diazinhos de janeiro. Um pé lá, outro cá. Dezembro. Janeiro. Nem tem Santo Antônio, nem festança de forró, nem São João, nem rala bucho, nem São Pedro, nem milho assado ou cozido...

Mas tem fogueira. No meu coração tem fogueira. É só começar a pensar em voltar e ela queima. Não vejo a hora do seu fogo, logo de uma vez, acender e arder e incendiar minha saudade.

Já estou contando: novecentos e dez, onze, doze, treze, catorze, quinze, ~~dezesseis~~... Opa! Dezesseis não, um.

— Presidente Venceslau. Dezembro 2018.

PRISMA

Cabisbaixo, ele vem subindo a avenida. Os olhos só deixam de apontar para os pés quando eles precisam atravessar as ruas que cruzam. Fim de tarde, muitos carros sobem e descem a Agamenon Magalhães. Pausa na caminhada, espiada no semáforo, verde aos pedestres, ele avança sua andança, cabisbaixo.

Cabisbaixo e cara triste, percorre calçadas, faixas brancas, meios-fios, níveis e desníveis — desníveis pequenos, que a Agamenon tem que ser perfeita, dizem.

Cabisbaixo e boca arriada, ultrapassa um, é superado por dois, entrecruza vários que caminham no sentido oposto.

Cabisbaixo e olhos murchos, anda, pensa em algo, anda, suspira, anda e chega na frente do shopping. Entra. Agora, além dos sapatos, observa o chão de cerâmica e os degraus móveis da escada rolante. Sobe.

Cabisbaixo por dentro, cabeça levantada por fora, observa vitrines enquanto a escada viaja. Ao chegar no 1º andar, ele volta a mirar os pés, não quer tropicar no desembarque.

Cabisbaixo segue, atravessa o andar, quer chegar à outra escada, subir mais. Um reflexo, porém, bate em sua testa, ofusca seus olhos. Ele ergue o queixo, quer saber donde vem.

Adiante, a vidraça do centro de compras recebe a luz do pôr do sol, que começa a se esconder por trás da arquibancada do estádio do Central, vizinho de frente do shopping center.

— Eita...

Boquiaberto, ele dá três passos atrás. Mãos nos bolsos, contempla a visão. Cabeça alta, admira-se com o pôr do sol.

A estrela desce e sua boca ri, seus olhos riem, sua cara inteira ri. Até o suspiro que solta é um sorriso.

Ele contempla o fim da tarde.

Findada a reverência, segue seu caminho. Sobe a nova escada e a sua cara ri. Sobe, sobe e até a alma ri.

— Caruaru. Dezembro, 2018.

PEQUENA GRANDE TRAGÉDIA

Me agrado em levar meus escritores para tomar café. O dia a dia numa estante, apesar das boas companhias, deve ser monótono.

    Hoje levei meu Quintana autografado, que arrematei num sebo, por 8 reais, para um espresso numa cafeteria de shopping. Depois dumas doses de água com gás, fui ao banheiro.

    Enquanto urinava, acomodei o poeta o equilibrando no suporte para papel higiênico. Ele titubeou por alguns segundos, fechou os olhos e mergulhou no fundo vaso.

— Caruaru. Dezembro, 2018.

A TATUADA

A manequim na vitrine do shopping, num vestidinho colorido, tinha no braço um descascado. Ia passando, voltei, olhei mais direito sua pele plástica.
    O descamado era uma tatuagem de borboleta, feita pela astúcia do acaso. Fiquei deslumbrado com o imponderável, desenhista caprichoso. Admirei e pisquei um olho à moça que talvez me retribuísse, se tivesse cabeça.

— Caruaru. Dezembro, 2018.

ARGUMENTO DE MÃE PARA O FILHO NÃO SE TATUAR

— Você não gosta de passarinho preso, vai tatuar um pra quê?
— Isso vai prender ele em mim, né?
— É! Até pra sempre!!!

— Caruaru. Dezembro, 2018.

QUINTANA, MAMÃE E EU

Saímos para um passeio no feriado. Caminhamos pelas calçadas do centro de Caruaru eu, mamãe e Mario Quintana, em livro, no seu Caderno H, de 1973 (4a edição, de 1983). Rua acima, rua abaixo, Quintana se comportou silencioso e se deleitou no voo oferecido por minhas mãos, feitas suas asas.

Quando pernas e bocas se extasaram, ela e eu buscamos garrafinha d'água, na cafeteria do lado da Catedral das Dores, e repouso na escadaria da igreja. Os degraus funcionam como banco de praça para todo mundo que passa por ali e que precisa esperar por alguém ou que também só se extasou e quer descansar.

Extasar é uma daquelas palavras-poesias que minha mãe cria sem saber que é poeta. Eu chamo essas lindezas de cicismos, já que são filhas de Cici — assim eu a chamaria, se não chamasse de mamãe. Extasar é um misto de cansar e extasiar, geralmente fruto do cansaço do corpo junto ao êxtase da alma.

Mamãe é poeta, por isso chamei Quintana para passear conosco.

Ele, de pernas e boca descansadas, enquanto mamãe e eu repousávamos sobre a escadaria, danou-se a caminhar — e voar, naturalmente — por nossas línguas.

Eu: Mamãe, vamos ler poesia?

Mamãe: Bora, lê aí.

Eu: Beleza, cada um lê um pouquinho. Esse livro é bom porque a gente pode ir abrindo em qualquer página que tem coisa boa e, geralmente, curtinha. Eu começo:

Quintana, pág. 20: TRISTE REFLEXÃO PARA MÃES SOLTEIRAS — Os filhos são um subproduto do amor.

Mamãe: É não! Eles é que são o amor verdadeiro...

Eu: Eita...

Quintana, pág. 3: O RELÓGIO — O relógio de parede numa velha fotografia — está parado?

Mamãe: Está sim!

Eu: Toma, agora é tua vez de ler.

Mamãe: Tá.

Quintana, pág. 81: DA RECORDAÇÃO — A recordação é uma cadeira de balanço embalando sozinha.

Mamãe: Eita... É mesmo... Eu lembro de quando eu tinha dez anos... Lá em casa tinha uma cadeira de balanço... Chamava de espreguiçadeira... Era de lona... Eu vivia me balançando nela...

Eu: Onde será que ela balança agora?

Mamãe: Na recordação, né?

Quintana, pág. 15: CAMUFLAGEM — A esperança é um urubu pintado de verde.

Mamãe: Vôte! Toma, lê tu agora!

Eu: Beleza!

Quintana, pág. 14: ELA — Mas que haverá com a Lua, que, sempre que a gente a olha, é com um novo espanto?

Mamãe: Verdade, semana passada, de noite, ela tava linda, bem grandona!

Eu: Tava sim...

Quintana, pág. 39: O TRÁGICO DILEMA — Quando

alguém pergunta a um autor o que este quis dizer, é porque um dos dois é burro.

Eu: Como é?

Mamãe: Ele te chamou de burro!

Quintana, pág. 53: OUTONO — É uma borboleta amarela? Ou uma folha que se desprendeu e que não quer tombar?

Mamãe: É uma folha!

Eu: Agora é tua vez.

Mamãe: Me dá!

Quintana, pág. 89: TEMPO — A coisa que acaba de deixar a querida leitora um pouco mais velha ao chegar ao fim desta linha.

Mamãe: Oxe! É o quê!? Como é que ele sabia que eu era uma leitora?

Eu: Hehehe!

Mamãe: Deixa eu ler de novo... Peraí... Mas aí eu vou ficar mais velha!

Eu: Vai...

Quintana, pág. 89: TEMPO — A coisa que acaba de deixar a querida leitora um pouco mais velha ao chegar ao fim desta linha.

Mamãe: Vôte, além de chamar a gente de burra, chama de velha!

Eu: Hahahahaha. Mesmo assim, a gente gosta dele, né?

Mamãe: Gosta sim!

— Caruaru. Janeiro, 2019.

UMA DAQUELAS

Esse sábado, eu tava perambulando pela Feira de Caruaru. Matava uma saudade de dois anos e meio sem vê-la e vi o povo andando com a camisa do Central. Depois, vi um vendeiro com radinho de pilha socado na orelha. Um tiquinho mais depois, minha mãe ligou do serviço:

— Óia, tás sabendo que vai ter Central x Náutico hoje, lá no Lacerdão?

Não tive dúvida, era a chance de levar meu pai pro campo. Viver um inesquecível com ele. Assim fiz e assim foi! Chamei uber e busquei o homem.

O cabra havia acabado de fazer um piso e os trabalhos do pedreiro já tinham se encerrado por aquela semana. Botou sapato, pegou celular e partimos pro futebol. Ficamos na torcida da Patativa de Caruaru e a bicha até que mandou bem: 1x1. Mas podia ter vencido, não fosse a bola na trave...

Saímos alegres. Tínhamos acabado de construir uma lembrança daquelas!

O bicho ficou tão empolgado que quase que vira a casaca. Queria ir pra todos os jogos do Central: NO ESTÁDIO! Mas, tempo depois, o alvinegro foi perdendo o fôlego, sem tanta renda e patrocínio quanto os times da capital, e o Sport ganhou mais um campeonato pernambucano.

Não foi dessa vez que o Central ganhou um novo torcedor. Mas foi dessa vez que eu ganhei ainda mais amor pelo meu véi.

— Caruaru. Janeiro, 2019.

SOBRE NOMES

Antonio de Padua Almeida não nasceu assim. Mas, desde que riscou suas primeiras letras, decidiu que assim seria. Nada de apêndices desnecessários sobre o seu nome. Os acentos o incomodavam. O circunflexo do primeiro o aperreava. O agudo do segundo o azucrinava. O terceiro, sem precisão de acento, o agradava. Sem chapeuzinho do vovô nem biliro da vovó.

Mas o Estado exige que os documentos sejam tal e qual o primeiro de todos, a certidão de nascimento. E, no seu RG, ele se tornou um ele que não é ele: Antônio de Pádua Almeida.

Anos se passaram. Anos suficientes para que documentos envelhecessem e se perdessem. Perdeu-se o RG num daqueles forrós que levam documentos, dinheiro e carteira. Envelheceu a certidão de nascimento, papel básico para tirar a segunda via da identidade. Foi a oportunidade para que ele se tornasse quem de fato é.

Corrigiu o engano. Apagou acentos. Acendeu seu verdadeiro eu. A rasura passou pelo funcionário como mais uma cicatriz no documento velho. E, no segundo RG, ele virou ele.

— Caruaru. Janeiro, 2019.

ANTES DO 109 RENDEIRAS/MORADA NOVA

Meteu a mão no celular e calou a cantoria azeda do despertador. Limpou remelas, espreguiçou pescoço, ombros, pés. De pé, se esticou de novo e estralou oito dedos da mão, entrelaçados, um só movimento. Só os polegares escaparam. Abriu a boca num bocejo opaco e coçou orelhas. Desarmou o mosquiteiro, de onde voou uma muriçoca gorda, saciada da noite vampiresca. Sempre entra uma, pensou entediado.

Pegou a toalha, dobrada sobre o tamborete, e foi até o banheiro. Verificou, de passagem pela cozinha, o calendário de parede. Em Caruaru, a água na torneira obedece a lógica semana sim, semana não. Era semana sim. Pendurou a cueca-pijama, mirou a cara estremunhada no espelho e curtiu uma boa chuveirada. Acordou de vez.

Roupa vestida, mochila arrumada com a pequena bagagem, contou o dinheiro na carteira, dava para o dia. O cartão do Leva, vale-transporte eletrônico, também tinha crédito suficiente para pagar a passagem do ônibus.

Voltou à cozinha, precisava tomar café antes de subir ao ponto. Bateu um prato de macaxeira com carne de sol acebolada e umas gotas generosas de manteiga de garrafa. Antes de sair, abriu a geladeira, fisgou uma seriguela gelada na bacia e foi-se.

Roeu a fruta. O caroço, sem polpa, rebolado na boca, cuspiu para cima. A seriguela chupada escreveu um arco e pousou certeira num chute, na ponta do all-star vermelho, que a arremessou no telhado do vizinho.

Ouviu o teco no teto alheio e subiu a rua na carreira. Ligeiro, ligeiro. Fugiu duma reclamação. Ou de coisa pior. Terminou sendo uma corrida providencial, se tivesse ido andando, perderia o ônibus, que, na hora da sua chegada, embarcava o penúltimo passageiro da parada.

— Caruaru. Janeiro, 2019.

VIVO, REVIVO!

Sábado tranquilinho. Três semanas já se passaram desde que voltei para o interior de São Paulo. Aquela saudade de Pernambuco, aquela abstinência pesada, cessou. Aí resolvo fazer as minhas coisas enquanto a TV fica ligada.
Passa filme mostrando Olinda;
passa comercial mostrando cena em Pernambuco:
no litoral;
no Brega;
na vaquejada;
na Sulanca.
Passa o boxeador Luciano Todo Duro;
passa Alceu Valença, no Teatro de Santa Isabel.
Despassa a abstinência.
Volta a saudade pesada.

— Presidente Venceslau. Fevereiro, 2019.

ACALENTOS REFRESCANTES

É começo de tarde, sentado, na Praça da Matriz, espero vento, espero uma brisa brincante que queira passear pelas árvores e canteiros, por baixo e por entre as folhas e pelos cabelos e rostos de nós, passantes e pousantes dos caminhos e banquinhos. É uma esperança frágil e sem confiança, o ar é abafado e quente, o céu se arma de nuvens que ameaçam a chuva, mas cumprem apenas um mormaço que abraça e sufoca. Por isso, pouso. Num assento de concreto, abro uma garrafa d'água, comprada no mercadinho da esquina, e me refresco do líquido e das sombras das sibipirunas mais antigas, mais altas e mais generosas.

    Uma mulher vem vindo, cruza o jardim diagonalmente, se abana com uma das mãos, a outra segura a bolsa, seus olhos se espremem pelas sobrancelhas franzidas que lutam contra a luz, contra o calor, contra o suor que brota da testa e escorre pelas bochechas. Quando chega, nos encaramos, minha garrafa na boca, seus olhos na água que me dessedenta, seus lábios num desabafo: tá quente, né? Tá quente… Concordo num sim de cabeça. Ela sorri e vai indo, segue seu destino, mas faz uma pausa lá na esquina, de onde busca da mesma água, no mesmo mercadinho.

Juntos e separados, bebemos e suspiramos um agradecimento ao gosto da água. Como é gostoso o gosto da água quando se tem muita sede!

O ar observa e se compadece, sopra seu suspiro, quente e seco, mesmo assim gentil, fazendo bailar nossos cabelos e as folhas das sibipirunas, dos oitis e do jacarandá em flor, que derruba pétalas violetas. Eis um momento em que, sabendo-se olhar, pode-se ver uma pequena felicidade certa, arrodeada de flores e brisas mansas, acompanhadas de grandes réstias das copas das árvores e saciedade das águas. Vem água, vem nos acalentar. Vem mais um gole e mais outro. Noutro gole, uma gargalhada. Não é minha, nem da minha cúmplice de sede, mas me atrai.

Lá na esquina, onde a mulher dobrou e foi-se, além do mercadinho e duns oitis alinhados, que povoam o recanto da praça, há uma Avenida Tiradentes. Vem de lá o riso alto. Atravessa a via e vem se abrigar na sombra das árvores enfileiradas, onde há uma kombi de sorvete estacionada: SORVETE AMERICANO.

São duas moças, uma mais alta, outra menor. Dezesseis e doze anos, arrisco. A gargalhada é da juvenil, animada com alguma peripécia da infantil. Se vestem de tons suaves. A mais velha, em pingos de roxo, feita jacarandá; a mais nova, de toques cor de abacaxi. Será esse o sabor do conteúdo da casquinha de sorvete vindoura?

***

É!
Seu sorvete americano tem formato de torre. É um creme gelado, é amarelo, o da irmã — são irmãs? — é rosa-morango. Sou, também, freguês da kombi sorveteira, sei de cor a seis

cores-sabores disponíveis: rosa-morango, naturalmente, verde-menta, branco-limão, roxo-uva, alaranjado-maracujá e amarelo-abacaxi.

Eis mais uma pequena felicidade. Supimpa em dia de calor. Mais uma e mais gostosa do que água: sorvete com gargalhada.

— Presidente Venceslau. Maio, 2019.

VIAGEM AUTORIZADA

Patinha d'água vem da cozinha e, entre miados e ronronados, olha minha cara de leitor encantado, boquiaberto, de livro apoiado no braço da poltrona e mente empipada pelo deslumbre das páginas. É madrugada e Patinha, fiscal das minhas noites, vem saber do que faço.

 Cheira, roça orelha, ronrona e observa. Abro um espacinho na poltrona para que ele se sente comigo. Ronronando, ele sobe e analisa o livro. Não tem o mesmo cheiro dos livros do trabalho. Quando tem, sabendo do avançar da noite, o gato pisa livro, morde canetas, se deita sobre os cadernos e não deixa o trabalho continuar — madrugada não é para isso!

 Hoje, ronronando, ele sabe que a leitura não é ofício, é oferenda à alma, é abertura de horizonte que vem com a arte. Satisfeito com minha ocupação, mas insatisfeito com a miudeza do cantinho na poltrona, desce e vai para a cadeira ao lado, donde, ronronando e junto da luz do abajur, passa a velar minha viagem planície de palavras adentro.

— Presidente Venceslau. Julho, 2019.

BRÁS BLACK FRIDAY

Vamos às compras. Vamos ao Brás. Saímos de longe, gastar os metais. Desgastar cédulas. Esgotar cartões. Engatar promissórias. Engordar sacolas. Trazer provisões.
    Saímos do oeste do estado, onde os "paulistas" presenciamos os presidentes que batizam cidades. Partiram de Presidente Epitácio. Peguei ônibus em Presidente Venceslau. Passamos Presidente Bernardes. Paramos em Presidente Prudente.
    Para, pinga, pega povo. Essa é a rota deste veículo que nos leva. Ainda é fim de tarde. Prosseguiremos, pararemos, pegaremos pessoas, pertences, pretensões. Pousaremos no meio da madrugada e perambularemos pela capital em busca de roupas, ruas recheadas de calças, camisas, casacos e calcinhas. Planejamos essa viagem para pingar em São Paulo e retornarmos ao lar com vantagens adquiridas na última sexta-feira de novembro, a Black Friday, o dia mais promocional do capitalismo. E vamos ao Brás, o lugar mais famoso do estado para se comprar confecção barata.

Vozes passageiras

— Vou comprar mercadoria, mulher!

— Você vende o quê?
— Vendo lingerie.
— Vixe, lá tem de monte.
— Verdade?
— Verdade!
— Vou sempre a Campo Grande, primeira vez que vou lá.
— Você vai gostar.

Hora passa. Roda Gira. Noite entra. Fome Chega. Chega, também, a pausa para o lanche. Estamos num Rodoserv. Motoristas bebem café. Meu vizinho de cadeira toma suco de maracujá. Cada um administra seus olhos como deseja. Eles precisam de energia agora. Ele precisa descansar para aproveitar quando chegarmos. Eu sinto é fome. Dormir ou despertar, decido depois. Agora quero é uma bela fatia dessa pizza de mussarela, calabresa e alho.

Vozes petisqueiras

— Pega um bolinho de bacalhau pra mim, amor? Vou ao banheiro. Tô apertada.
— Pego sim. Vou pegar pastel pra mim.
— Pastel?
— Pastel e uma cervejinha pra pegar no sono.
— Pegue duas.
— Podexá!

Bebidos, comidos e embanheirados, voltamos à rodovia. Vidro afora: noite, luzeiros de cidades, prédios, papo com um amigo que me guia pelas ruas da metrópole e voamos, literalmente. Voamos e vemos as torres de vários andares, a Estátua da Liberdade, gigantesca, o Empire State Building, o Central Park, as Torres Gêmeas do World Trade Center. Tudo do alto. Num leve voo sobre Nova York.

Voo? Torres Gêmeas? Nova York?

E caio do céu! Era um sonho! Uma freada me acordou. Pela janela, porém, já tem metrópole. Sem estátua nem parque, mas com o rio Tietê e a marginal correndo lado a lado. Fone no ouvido, toco o "Samba do Arnesto" e, na companhia de Adoniram Barbosa, tocamos pelo Brás, onde estacionamos.

Nós vamos e encontremos o povaréu. Pechincham no feirão da madrugada. Descemos dos ônibus e das vans. Levamos mochila vazia. Já tem gente de bagagens engordadas e que retorna para pegar outro sacolão. São quatro da manhã e temos até as quatro da tarde para sambarmos. Tô indo, Arnesto, chego já!

— São Paulo. Novembro, 2019.

DÁDIVA DE PLATAFORMA

A massa espera o metrô vermelho. Cotovelos e antebraços de muitos se resvalam, ora sem querer, ora para que territorializem poucos centímetros quadrados na fila de embarque. Precisam trabalhar e a hora já se avança, os ponteiros giram mais rápidos que as rodas de ferro. Elas ainda freiam a cada estação, diferente do relógio, implacável e ininterrupto. Cotovelos e antebraços de poucos repousam afastados da multidão e sobre a mureta, que se ergue até a altura dos umbigos. Trilhos de um lado, mureta do outro, duas grandes retas paralelas, alguns metros as separam e o espaço entre elas é a plataforma, onde a turma aguarda os vagões.

Além-parede, do lado de fora, a paisagem se mostra com brandura, preguiçosa, meio nublada, até parece que a cidade sabe que é uma segunda-feira de manhã na Estação Brás. Um sujeito desliza os dedos sobre o corrimão do pequeno muro e saca o celular para capturar o edifício Altino Arantes que, do alto de sua glória, exibe a bandeira de São Paulo, tremulante, imponente, dançarina dos ventos no topo do obelisco paulistano. A mochila verde-musgo, rechonchuda e que cobre a extensão das suas costas, junto à atitude fotográfica, denunciam: não é paulistano, deve estar a passear e se deslumbrar com a metrópole ou, talvez, seja tão paulistano quanto o arranha-céu e fazem questão de esbanjar isso a cada clique.

Na cabeça do primeiro metrô que chega, a inscrição em sua testa: Palmeiras | Barra Funda. É o destino do transporte, que pousa noutras estações pelo caminho. Dentro dos olhos de vidro, bem onde estariam as pupilas, uma maquinista de tranças loiras e boca vermelhíssima. Suas mãos conduzem a serpente metálica, jiboia de estanho com seis vagões e cinco vértebras de borracha. O clichê da gigante cobra de aço como analogia para um trem é inevitável, pois as pupilas dentro das pupilas precisam ser, e são, tão sagazes e certeiras quanto as do réptil deslizante.

O bicho para, sob o comando da mulher, e abre as entranhas com suas escamas corrediças em forma de portas. Desta vez, o ofídio é quem obedece aos estímulos da fêmea humana, sem necessidade de maçã alguma ou fruta que seja. Gente sai por um lado, gente entra pelo outro, gente permanece dentro do animal. O espetáculo se repete à medida que os comboios se sucedem.

O rapaz da mochila vai até a ponta do saguão, lá onde fica estacionada a cabeça durante o embarque-desembarque, e aguarda a próxima composição. Não é passageiro avexado, não aparenta preocupação perante os ponteiros, aprecia o espetáculo do primeiro rush da semana. Metrô, parada, abertura, saída, entrada, fechamento, partida. Quando um deles para: olhares, rapaz mira a maquinista, resposta, troca de sorrisos, cumprimento suave com a cabeça. Alguém nota a comandante e o semblante dela exibe surpresa e satisfação com o episódio.

Quem teria tempo e disposição para trocar sorrisos com maquinista numa segunda-feira? E para quê? Atitude irrelevante, desnecessária, economicamente improdutiva. Os dois, porém, sabem a importância do ato. São risos afáveis, brandos como paisagem desvelada, sem interesse além da gentileza de se mostrar. E, na hora da partida, ambos sabem, ganharam uma pequena dádiva naquela plataforma.

— São Paulo. Novembro, 2016.

CEIFAS

A morte ronda a casa,
balança o pé de jabuticaba lá fora,
espia pela janela.

Eu sinto a sua presença e esmoreço.
Escuto o farfalhar das folhas.
Percebo seus olhares cruzando o umbral
e furando meu espinhaço.

O calafrio chega sobe pelo pescoço.
Eu me inclino, encolho, aperto a cara e suspiro uma aflição.
A morte, assim vigilante, antes de ser um fim,
é uma expectativa opressiva e ruim,
é uma ansiedade montada na cacunda,
é um enfado que não se acaba nunca.

Não se acaba
nem na hora de tomar banho,
de comer,
de acordar depois de oito dignas horas de sono.
Não acaba e nem dá trégua.

Se eu abrir a porta e sair,
ela me pega.
É uma foiçada só e acabou-se...
Acabou-se!

Vou ter que tomar algum remédio pra essa dor nas costas
e me deitar no sofá.
Vou deixar essa carcaça moída decantar
enquanto os pensamentos esperneiam
e ciscam em busca de uma estratégia
para que eu possa,
outra vez,
chupar jabuticabas em paz.

— Presidente Venceslau. Maio, 2018.
(Ou, talvez, uma premonição para Maio, 2020).

AONDE VÃO OS GATOS QUANDO OS GATOS SOMEM?

Fiz essa pergunta e tentei me responder depois do sumiço dos gatos que moravam comigo. Um desapareceu no meio de maio... Outro no início de junho. Impossível de ser fuga para namoro, sem chance de atropelamento acidental. Desse jeito, encarreado, um seguido do outro? Não boto fé que tenham escolhido partir, assim de pareia, para outro quintal.
    Fico na suspeita dum assassinato. Ou dois. Mataram os caras...
    Manha, todo pretinho, miado rouco-manhoso, sumiu primeiro. Patinha, siamês, gatão-companheiro, foi o segundo. Mas quem faria isso? Algum vizinho, talvez chateado com seus miados noturnos, com seus passeios por telhados. Ou pior, com suas patinhas supostamente contaminadas pelo novo coronavírus. Não sei...
    Sei que a vizinha, vendedora de pão italiano para o quarteirão, falou que tinha um safado metendo chumbinho nos gatos...
    Tento encontrar os cadáveres dos meus amigos...
    No lixo alheio,
    na caçamba de metralha da casa vizinha, em reforma,
    na calçada, à espera da coleta municipal...

Nada!

Mais tarde, já com a lua no meio do céu, ouço um barulho na rua. É o caminhão do lixo, que faz a compactação dos sacos de resíduos.

Infelizmente, acho que já sei aonde os gatos vão quando os gatos somem...

— Presidente Venceslau. Junho, 2020.

SIBIPIRUNA

Vejo uma foto que tem o último amanhecer da árvore da frente. Da frente não, do lado-ladinho, da calçada vizinha, colada com a de uma das minhas antigas casas prudentinas. Mas era como se fosse.

Os galhos e as rolinhas, que pousavam nela, me faziam companhia na janela do quarto. Bem de perto. Eu retribuía olhares. Conversávamos. Dizia — Uia, uma rolinha! Completava — Eita, tem duas! Dizia mais — Óia a florzinha da árvore, que bonita! Completava mais — Amarela e bem pixototinha! Esses complementos, interjeições em sequência, eram réplicas aos movimentos das flores, folhas e galhos. Movimentos que eram palavras. Movimentos-diálogos. Assim era nosso jeito de conversar, mesmo que eu não soubesse seu nome — Qual seria o nome dessa árvore?

Último amanhecer da árvore de nome desconhecido. Nome que descobri justamente naquele amanhecer. Por causa daquele amanhecer. Um dia antes, na mesma calçada, mais para baixo na rua, os donos do terreno murado, sem construção alguma, resolveram cortar a mangueira. Cortaram. No decorrer do dia do último amanhecer, cortaram também minha vizinha árvore.

Mas foi no último amanhecer que descobri seu nome. Virei noite. Janela aberta para, premonitório, entender que aquela seria minha última pernoite em sua companhia. Mataram um pé de fruta-manga, matariam um pé de árvore só de florzinha amarela. As espadas da mangueira não a defenderam. Com quais defesas resistiria a árvore de flor amarelinha? As rolinhas, no primeiro estardalhaço de motosserra, debandaram céu acima. As pétalas já tinham caído fazia um mês ou dois. Nem daria para a árvore tentar convencer a preservação de sua existência através do seu charme. Bem-te-vis, que no cotidiano alardeavam que viam muita coisa da sua copa, não vi, nem ouvi. Escutei foi a zoada incessantemente amarga da máquina de serrar.

Mas, na última noite, descobri seu nome. Horas embrenhando olhos entre seus galhos, folhas, resquícios de flores. Horas palmilhando olhos na internet, comparando imagens virtuais com presença real, no oitão de casa: — Será essa? Não, as pétalas estão muito cacheadas... Suas flores estão mais para um pinheirinho... — Essa? Acho que não, essa daí parece mais com aquela que tinha no portãozinho da escola... Rapaz, né que tem muita árvore de flor amarela... — E essa? Hmm, parece sim... Óia o pinheirinho lá!

Certificado, puxei caneta, anotei seu nome num papel e esperei amanhecer. Apreciei seus balanços sob as ondas dos ventos. Ouvi suas farfalhadas de calmaria. Senti, suave, seu cheirinho de verde, viva. Sentimos, eu e a casa, seus últimos toques: os galhos das pontas fizeram cafuné nas telhas; as folhinhas, soltas, voaram até meu quarto, uma pousou na cama, outra na palma duma mão, algumas no piso. Na boca, o gosto de despedida, a vontade dum adeus que ficou calado, pois não queria precisar dizê-lo. Não me despedi. Fiquei apenas com seu nome, registrado no rascunho. Aguardei o amanhecer para capturar em fotografia o seu corpo e o seu nome e, de algum jeito, por consideração e apreço, demonstrar que a árvore me era valiosa.

Nas horas seguintes daquela manhã, com o barulho de motosserra, vi seu operador e outros trabalhadores encarregados de tombá-la. Saí na rua, pensei dizer — Ei, derrubem não. Mas disse, condescendente — Ei, por que vão derrubar? E ouvi uma justificativa previsível — Vão fazer um prédio.

Agora, mexo no celular e contemplo esta foto: o último amanhecer da árvore da frente. Suas folhas ainda são vivas; seus galhos ainda têm seiva; seu nome estampa um pedacinho de papel, adiante de sua figura, feita legenda... Desde então, em toda irmã sua que vejo, a vejo.

Nessa contemplação, percebo, ela morreu sem saber meu nome. Hoje, de nada vale dizer, mesmo assim, em sua memória, de algum jeito, outra vez por apreço e consideração, digo — Sibipiruna, meu nome é Anthony.

— Presidente Venceslau. Outubro, 2020.

PRÓLOGO

> *Em minhas andanças, eu quase nunca soube*
> *se estava fugindo de alguma coisa ou caçando outra.*
>
> Rubem Braga

Vim lá do Agreste de Pernambuco, cidade chamada Caruaru. Hoje, você que lê esta dissertação[1], é quem viajará a Caruaru, a famosa cidade da Feira, cantada por Luiz Gonzaga.

A Feira me fez gosto de ver, de andar por seus becos e ruelas, vendo coisas para vender, nem tudo que há no mundo. A Feira dos anos 1990, quando eu era menino, resultado de um movimento que mudou Caruaru, mudou também a minha vida. Mas, em 1992, ano de sua saída do Centro, eu ainda não sabia disso.

A Feira das minhas andanças, fugas e caçadas me tornou apto a sair por aí. Mais de duas décadas depois, essa coragem de desbravar caminhos me trouxe para uma cidade a 2.700 km dela para tentar entendê-la melhor e para explicá-la de uma maneira que demonstre não existir tudo que há no mundo à venda em seu território.

---

1. Prólogo da minha dissertação de mestrado em Geografia: ALMEIDA, Anthony de Padua Azevedo. Entre a reestruturação urbana e a reestruturação de uma cidade média: O papel das grandes superfícies comerciais em Caruaru/PE. 378f. Dissertação (Mestrado em Geografia), Programa de Pós-Graduação em Geografia, Universidade Estadual Paulista, Presidente Prudente. 2018.

Esse fato estava claro quando eu andava pelas ruas. Outros espaços comerciais vendiam coisas diferentes das de lá. E não era apenas o comércio que mudava, a cidade também se modificava intensamente. A Geografia, por sua vez, ensinou-me que Caruaru é uma cidade média e isso, no atual contexto de desenvolvimento capitalista, significa muito.

Nas ruas caruaruenses, enquanto eu deixava de ser menino, apareceram shopping centers e mercados enormes. Mudou também um pedaço da Feira: a Feira da Sulanca. Seu nome é um neologismo revelador. Do Sul saiu a helanca, quando o Nordeste era conhecido como Norte, e passou pelas mãos e pela boca do povo, que costurou os tecidos e as palavras. Com os panos, o povo fez colcha, fronha, roupas. Com as duas palavras, uma só: Sul + helanca: Sulanca. Esse conjunto de retalhos deixou de ser apenas feira e passou a ser vendido em grandes espaços, os centros de compras de confecção.

Curioso com tudo isso, resolvi estudar e pesquisar sobre processos chamados de reestruturação urbana e da cidade. O texto adiante é resultado dessa andança, ora caçada, ora fuga. Convido você para andar comigo. Boa jornada!

— Presidente Prudente. Agosto, 2018.

O GEÓGRAFO QUE TENTOU SER CRONISTA

16h14min, não, são 16h15min. Entre pensar no rabiscar duma primeira crônica e escrevê-la, se foi um minuto. Dúvidas surgem. Sou geógrafo, não escrevo além de textos acadêmicos. Fiz graduação noutro estado, Pernambuco. Aqui, no estado de São Paulo, 2 700 km separam a terra-morada da terra-natal. O novo espaço me atiçou a escrita do diferente. Escolhi a crônica. Esta é a primeira.
    Com a mudança, vim dividir casa. Um dos seus moradores ensina Literatura e tem prateleiras cheias de livros. Comentei com o gajo sobre a curiosidade na crônica e ele me deu um livro vermelho: Lispector, Sabino, Verissimo, Braga. Li: *O milagre das folhas*, *A última crônica*, *Grande Edgar*, *Meu ideal seria escrever*.
    O meu também, me empolguei! O livro tem na capa nomes de autores e a proposta de reunir as cem melhores crônicas brasileiras. Li mais: Machado de Assis, *O nascimento da crônica*. Bom! Mas eu estava sonolento para refletir. Cochilei no sofá, acordei e colchão. Após bom descanso, escovei dentes, comi e volto agora ao livro, jogado na sala.
    Joaquim Ferreira dos Santos, na introdução, me seduz, me convence, num parágrafo e meio: a crônica é literatura, são

textos de momento e, dependendo do autor e da qualidade, ficam para sempre. Joaquim complementa que *Aula de inglês*, de Rubem Braga, é "uma crônica de fala mansa, sem aparentar pompa ou qualquer circunstância, como é típico da espécie, mas está entre os cem mais de qualquer coisa escrita neste país".

Paro de ler na hora e, ansiosíssimo, procuro o texto. Folheio com destreza. Agoniado, não encontro. Suspiro. Menos afoito, o sumário me encontra na crônica mansa...

É!

Braga consegue ser simples e sensacional. Talvez eu consiga escrever simples, mas não tão bom. Vou me arriscar e, numa escrita mansa, produzir algo minimamente adequado. Afinal, sou geógrafo e esta seria minha primeira crônica.

Presto-me ao desafio. Ligo computador, abro arquivo de digitação. Livro vermelho dum lado, celular para ver a hora do outro: 16h14min, ou melhor, são 16h15min.

— Presidente Prudente. Março, 2015

DIPLOMA E LIVRO

Quereria eu que, nesta falsa crônica, fosse escrita uma vivência. Nela, vou para Caruaru, entrego o diploma de mestre em Geografia e o meu primeiro livro de crônicas nas mãos dos meus pais.

— Presidente Venceslau. Dezembro, 2020.

CRONICAR COM A CIDADE. APRENDER COM O MUNDO

O geógrafo Yi-Fu Tuan, no seu livro *Topofilia*, chama a atenção de que nós, seres humanos, percebemos, vivenciamos e estabelecemos relações com nossos lugares através de todos os nossos sentidos. Nossas relações com o mundo são visuais, táteis, auditivas, olfativas e gustativas. São totais! Com um pé lá e outro cá, Anthony Almeida, como um bom e inquieto guia, amante da vida e da beleza cotidiana, nos mostra como podemos abraçar e viver o mundo com todos os sentidos, amando os pequenos detalhes que a eles são oferecidos pela Terra.

Como o título e as crônicas do livro nos indicam, o cronista é um migrante. Se encontra entre o agreste pernambucano e o oeste paulista. As vivências, planos e memórias se embaralham através do seu olhar inquieto. O cronista mergulhado no cotidiano é, antes de tudo, o menino que aprendeu a observar o mundo e suas pequenas belezas na ida à padaria, desenhando os ônibus do centro da cidade e através de caminhadas preguiçosas e despretensiosas em ruas aleatórias. Desde pequeno, aprendeu a andar sem destino, a observar o ritmo da vida, a fantasiar e criar subterfúgios, a construir lugares e abrigos. Nesse caminhar entre tempos e espaços, se conecta aos lugares com o corpo, a mente e os sentimentos.

O autor, com seus pés lá e cá, se revela como o migrante de Drummond que, quando sai da sua terra, se perde na ilusão de ter saído do lugar que nunca saiu de si. Cronista entre-lugares, no seu coração tem fogueira e mesmo lá, longe, bastam alguns traques e traquinagens para a fogueira voltar a queimar, para o coração acelerar no ritmo das bombinhas do São João do seu cá. Mas, na medida em que seguimos seus percursos singulares, percebemos que o cá não se apresenta mais para o cronista da mesma forma que existia antes de viver no lá. Ele volta e observa a sua Caruaru com outras perspectivas: as ruas são diferentes, as paradas mudaram, a serra fica mais longe, as árvores somem... Permanecem as raízes que mantêm o cronista sonhador agarrado ao seu chão: o edifício doce dos seus sonhos, os passeios poéticos e recheados de cicismos com a mãe, as novas conversas e momentos com o pai, o gosto do umbu, os sabores locais, as lembranças familiares de menino...

Assim, nessas andanças narradas por Anthony cronista, Caruaru aparece constantemente através do confronto entre as memórias, o outrora vivido, as transformações e as novas percepções (re)construídas no agora. O oeste paulista, por sua vez, aparece como um novo endereço que vai sendo explorado, observado e cotidiana e lentamente é entranhado no autor, atento através de olhos, boca, mãos, pés, nariz e coração dispostos ao novo horizonte que se descortina. Se a memória é uma ilha de edição, como nos ensinou Wally Salomão, o cronista aqui presente nos revela como colocar todos os sentidos disponíveis para trabalhar e construir memórias e raízes que, embaladas na cadeira de balanço de Quintana e Dona Cici, são editadas através da crônica que, de forma transcendental, acalanta e conecta Anthony — o menino, o migrante e o cronista — ao mundo.

Acredito que algum leitor, assim como eu, termine a leitura desse livro com a impressão de que o cronista, vivendo entre espaços, sonhe secretamente em virar pássaro — ou qualquer bicho capaz de cruzar longas distâncias — para poder voar para lá e para cá na medida que a saudade de um ou de outro aperte. Constantemente, o vemos guiar nossos olhares para os céus, seguindo as rolinhas, bem-te-vis, jandaias, pardais, borboletas, abelhas... Se as andanças (que nos sonhos podem ser secretamente desejos de revoada) são caçadas ou fugas, talvez nem o cronista saiba responder. Entretanto, parece evidente que ele se interessa e se sente vivo nesses deslocamentos, nessas andanças, na observação do diverso, onde vivencia o mundo e sente-se inteiro com os músculos e articulações em movimento.

Quando volta para a sua realidade, no intervalo entre sonhos, revoadas e observações atentas de cronista, uma das formas preferidas do autor para conhecer e experienciar os lugares de lá e de cá são os sabores, acompanhados das aventuras e conexões que estes permitem. A jornada gastronômica que se inicia na primeira crônica, com a saga dos pães doce e francês, se transforma em banquete repleto de suco de umbu, queijo de coalho, mangas, jabuticabas, seriguelas, filhós, pizzas e outras delícias que convidam os leitores para que se sentem na mesa posta pelo autor.

Assim, é através desses percursos em diferentes escalas, lugares e tempos, mesclando memórias, trajetos cotidianos, sonhos, devaneios e observações (intencionais ou incidentais) que Anthony, em suas diferentes versões — o menino, o migrante, o pesquisador, o cronista... — se conecta com os lugares e descortina aos leitores, a partir de suas crônicas, as geografias cotidianas que vivencia. Se o cronista, nessas páginas, se revela como um observador solitário, interessado nos detalhes e nos pequenos grandes momentos da vida, é no contato com os outros, observando e participando de atos ordinários que nosso guia se fortalece.

Os protagonistas dessas andanças transformadas em crônicas são as pessoas, as árvores, os animais, os caminhos, o mundo e suas coisas. Anthony Almeida é o espectador, o observador atento, privilegiado e emocionado. É através da crônica — e da vontade de fazer crônica — que ele interage, aprende e dialoga com esse mundo. Os seus textos criam pontes com o cotidiano, registram em um instante os panoramas e suas ações arbitrárias que movimentam as cidades. Apesar da correria das horas, suas crônicas nos convidam a olhar os personagens dos nossos dias, a perceber as coisas que mudam, somem e permanecem, nos chama a participar e vivenciar a passagem lenta e constante do tempo que (re)constrói os nossos lugares.

Anthony Almeida nos indica, talvez seja na rua, espaço esperançoso de múltiplas possibilidades, que possamos encontrar aquela coisa que buscamos, que pode nos encher de vida. Essa coisa está na paisagem, no movimento, nas pessoas, nos encontros, nas descobertas, nas memórias revividas, na vivência do cotidiano que transborda poesia. O cronista nos convidou: andar juntos em busca dessa utópica coisa. Aceitei o convite.

David Tavares Barbosa

Professor do Departamento de Geografia da Universidade Estadual do Piauí (Uespi). É doutor em Geografia pela Universidade Federal do Rio de Janeiro (UFRJ) e membro do Laboratório de Estudos sobre Espaço, Cultura e Política (LECgeo), da Universidade Federal de Pernambuco (UFPE). Atua na área de Geografia Urbana, Política e Cultural.

Livro concluído enquanto eu sonhava mais uma caçada ou mais uma fuga: Recife ou Curitiba? Campinas ou Rio de Janeiro? Caruaru ou Londrina?

Inverno de 2021

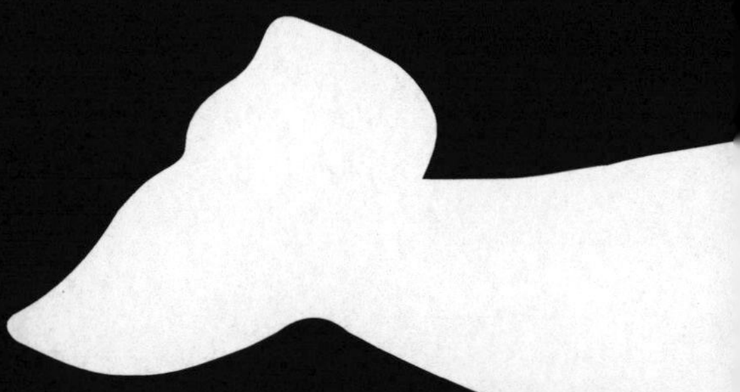

CARA LEITORA, CARO LEITOR

A **Cachalote** é o selo de literatura brasileira do grupo **Aboio**.

Lemos, selecionamos e editamos com muito cuidado e carinho cada um dos livros do nosso catálogo, buscando respeitar e favorecer o trabalho dos autores, de um lado, e entregar a vocês, leitores, uma experiência literária instigante.

Nada disso, portanto, faria sentido sem a confiança que os leitores depositam no nosso trabalho. E é por isso que convidamos vocês a fazerem cada vez mais parte do nosso oceano!

Todas as apoiadoras e apoiadores das pré-vendas da **Cachalote**:

> — têm o nome impresso nos agradecimentos dos livros;
> — recebem **10% de desconto** para a próxima compra de qualquer título do grupo Aboio.

Conheçam nossos livros pelo site **aboio.com.br** e sigam nossos perfis nas redes sociais. Teremos prazer em dividir com vocês todos nossos projetos e novidades e, é claro, ouvir suas impressões para sempre aprendermos como melhorar!

Embarque e nade com a gente.

Cada livro é um mergulho que precisa emergir.

APOIADORAS E APOIADORES

Agradecemos às 225 pessoas que confiaram e confiam no trabalho feito pela equipe da **Cachalote**. Sem vocês, este livro não seria o mesmo. A todos os que escolheram mergulhar com a gente em busca de vozes diversas da literatura brasileira contemporânea, nosso abraço. E um convite: continuem acompanhando a **Cachalote** e conheçam nosso catálogo!

Adão Rodrigo Erran
Adriana Muscat
Adriane Figueira Batista
Alexander Hochiminh
Alexandre Pessôa Brandão
Allan Gomes de Lorena
Amanda Santo
Ana Maiolini
André Balbo
André Pimenta Mota
Andreas Chamorro
Angela Dassie
Anna Martino
Antonio Arruda
Antonio de Padua Almeida
Antonio Pokrywiecki
Arman Neto
Arthur Lungov
Bianca Monteiro Garcia
Brenda Romeda Azevedo
Brendo Francis Carvalho
Bruno Coelho
Caco Ishak
Caio Augusto Amorim Maciel
Caio Balaio
Caio Girão
Calebe Guerra
Camilla Loreta
Camilo Gomide
Carla Guerson
Carlos Roberto Bernardes de Souza Junior
Carol Souza
Cássio Goné
Cecília Garcia
Christian Dennys Monteiro de Oliveira

Cicero Belmar
Cintia Brasileiro
Claudine Delgado
Cleber da Silva Luz
Cristhiano Aguiar
Cristina Machado
Daniel A. Dourado
Daniel Dago
Daniel Giotti
Daniel Guinezi
Daniel Leite
Daniel Longhi
Daniela Rosolen
Danilo Brandao
David Edson Barros de Brito
David Tavares Barbosa
Deborah Quenzer Matthiesen
Denise Lucena Cavalcante
Dheyne de Souza
Diogo Mizael
Dora Lutz
Edison Tadeu Furlani
Eduardo Rosal
Eduardo Valmobida
Elisa Andrade Buzzo
Elisa Manuela
    da Costa Rocha
Emanuelle de Souza Barbosa
Emilio Tarlis Mendes Pontes
Enzo Fabrizio
    Moreno Marinho
Enzo Vignone

Ewerton Lemos Gomes
Fábio Franco
Fabrício Carvalho
    Amorim Leite
Febraro de Oliveira
Felipe Lohan
    Pinheiro da Silva
Flávia Braz
Flávio Ilha
Francesca Cricelli
Francicleide Azevedo
Frederico da C. V. de Souza
Gabo dos livros
Gabriel Cruz Lima
Gabriel Stroka Ceballos
Gabriela Machado Scafuri
Gabriela Sobral
Gabriella Martins
Gael Rodrigues
Giselle Fiorini Bohn
Guilherme Belopede
Guilherme Boldrin
Guilherme da Silva Braga
Gustavo Bechtold
Hanny Saraiva
Helena Sílvia Feitosa
Henrique Emanuel
Henrique Fendrich
Henrique Lederman Barreto
Ivana Fontes
Ivison Marques Barbosa
Jadson Rocha

Jailton Moreira
Jaíro Rodrigues
Jefferson Dias
Jessica Ziegler de Andrade
Jheferson Neves
João Augusto Almeida
João Luís Nogueira
Jorge Verlindo
José Carlos Daltozo
José Cássio Silveira Zanatta
Jose Helber Siqueira
    Gomes Ribeiro
Júlia Gamarano
Júlia Vita
Julia Wartha
Juliana Costa Cunha
Juliana Slatiner
Júlio César Bernardes Santos
Julio Cesar Felix da Silva
Kamily Polezel Simeoni
Kelly Garcia de Oliveira
Kirk Patrick da Cruz Vulcão
Laís Araruna de Aquino
Lara Galvão
Lara Haje
Laura Redfern Navarro
Leitor Albino
Leonam Cunha
Leonam Lucas Nogueira
Leonardo Pinto Silva
Leonardo Zeine
Lili Buarque

Linha de Fuga
Livia Lima Pinheiro
Lolita Beretta
Lorenzo Cavalcante
Lucas Barreto
Lucas Ferreira
Lucas Lazzaretti
Lucas Verzola
Lucia Helena Batista Gratão
Luciano Cavalcante Filho
Luciano Dutra
Luis Cosme Pinto
Luis Felipe Abreu
Luísa Machado
Luiz Fernando Cardoso
Luiza Leite Ferreira
Luiza Lorenzetti
Luzia Celeste Rodrigues
Lygia Maria Andrade
    Figueira dos Santos
Mabel
Madô Martins
Maíra Thomé Marques
Manoela Machado Scafuri
Marcel Ribeiro Padinha
Marcela Roldão
Marcelo Conde
Marcelo Tacuchian
Marcia Moura
Marco Bardelli
Marcos Alberto Torres
Marcos Andre Lessa

Marcos Vinícius Almeida
Marcos Vitor Prado de Góes
Maria de Lourdes
Maria Eduarda
    Andrade Pitombeira
Maria Fernanda
    Vasconcelos
    de Almeida
Maria Inez Porto Queiroz
Maria Luíza Chacon
Mariana Donner
Mariana Figueiredo Pereira
Marina Barros
    de Arruda
    Castro Rubiatti
Marina Loureiro Medeiros
Marina Lourenço
Mateus Borges
Mateus Magalhães
Mateus Torres Penedo Naves
Matheus Picanço Nunes
Mauro Paz
Mikael Rizzon
Milena Martins Moura
Natalia Timerman
Natália Zuccala
Natan Schäfer
Nelson Edi Hohmann
Nilo Geraldes
Otto Leopoldo Winck
Paula Luersen
Paula Maria

Paulo José de Azevedo
Paulo Scott
Pedro Torreão
Pietro A. G. Portugal
Rafael Atuati
Rafael Mussolini Silvestre
Ranielle Pereira
    Bispo da Silva
Raphaela Miquelete
Raquel Rocha Teixeira
Renata Boscoli Previato
Renata Meffe Franco
Ricardo Kaate Lima
Ricardo Pecego
Rita de Podestá
Rodolfo Silva Marques
Rodrigo Barreto de Menezes
Rodrigo Luiz
    da Silva Rodrigues
Rosângela do Carmo
Rubem Penz
Rute Possebom
Samara Belchior da Silva
Sara Canuto Cordeiro
Sara Klust
Sergio Mello
Sérgio Porto
Taciana Maria
    de Fatima Oliveira
Thaila Nakadomari
Thais Fernanda de Lorena
Thassio Gonçalves Ferreira

Thayná Facó
Thuanne Fonsêca Teixeira
Tiago Maria
Tiago Moralles
Tiago Velasco
Valdir Marte
Vinícius Belquiman Pereira
Wellson Kelsonn
      Romero de Almeida
Wesley Ressueck Cavalcanti
Weslley Silva Ferreira
Wibsson Ribeiro
Yvonne Miller

PUBLISHER Leopoldo Cavalcante
EDITOR-CHEFE André Balbo
REVISÃO Marcela Roldão
ILUSTRAÇÃO Raquel Rocha
ASSISTÊNCIA EDITORIAL Gabriel Cruz Lima
DIREÇÃO DE ARTE E CAPA Luísa Machado
PROJETO GRÁFICO Leopoldo Cavalcante

© da edição Cachalote, 2024
© do texto Anthony Almeida, 2024
© da ilustração Raquel Rocha, 2024

Todos os direitos reservados. Nenhuma parte desta obra pode ser reproduzida, arquivada ou transmitida de nenhuma forma ou por nenhum meio sem a permissão expressa e por escrito da Aboio.

Grafia atualizada segundo o Acordo Ortográfico da Língua Portuguesa de 1990, que entrou em vigor no Brasil em 2009.

Dados Internacionais de Catalogação na Publicação (CIP)
Aline Graziele Benitez — Bibliotecária — CRB-1/3129

Almeida, Anthony
   Um pé lá, outro cá / Anthony Almeida. -- 1. ed. -- São Paulo : Cachalote, 2024.

   ISBN 978-65-85892-34-6

   1. Crônicas brasileiras I. Título.

25-252557   CDD-B869.8

Índices para catálogo sistemático:
1. Crônicas : Literatura brasileira

[2024]

Todos os direitos desta edição reservados à:
ABOIO EDITORA LTDA
São Paulo — SP
(11) 91580-3133
www.aboio.com.br
instagram.com/aboioeditora/
facebook.com/aboioeditora/

[Primeira edição, dezembro de 2024]

Esta obra foi composta em Adobe Caslon Pro.
O miolo está no papel Pólen® Bold 70g/m².
A tiragem desta edição foi de 300 exemplares.
Impressão pelas Gráficas Loyola (SP/SP).

A marca FSC® é a garantia de que a madeira utilizada na fabricação do papel deste livro provém de florestas que foram gerenciadas de maneira ambientalmente correta, socialmente justa e economicamente viável, além de outras fontes de origem controlada.